陶淵明批評

博雅文叢

蕭望卿 著

出版說明

「博雅教育」，英文稱為 General Education，又譯作「通識教育」。

甚麼是「通識教育」呢？依「維基百科」的「通識教育」條目所說：「其一是通才教育；其二是指全人格教育。通識教育作為近代開始普及的一門學科，其概念可上溯至先秦時代的六藝教育思想，在西方則可追溯到古希臘時期的博雅教育意念。」歐美國家的大學早就開設此門學科。

在兩岸三地，「通識教育」則是一門較新的學科，涉及的又是跨學科的知識。概而言之，乃是有關人文、社科，甚至理工科、新媒體、人工智能等未來科學的多方面的古今中外的舊常識、新知識的普及化介紹，等等。因而，學界歷來對其「定義」抱有各種歧見。依台灣學者江宜樺教授在「通識教育系列座談（一）會議記錄」（二零零三年二月）所指陳，暫時可歸納為以下幾種：

一、通識就是如（美國）哥倫比亞大學、哈佛大學所認定的 Liberal Arts。

二、如芝加哥大學認為：通識應該全部讀經典。

三、要求學生不只接觸 Liberal Arts，也要人文社會科學學生接觸一些理工、自然科學學科；理工、自然科學學生接觸一些人文社會學，這是目前最普遍的作法。

四、認為通識教育是全人教育、終身學習。

五、傾向生活性、實用性、娛樂性課程。好比寶石鑑定、插花、茶道。

六、以講座方式進行通識課程。（從略）

近十年來，香港的大專院校開設「通識教育」學科，列為大學教育體系中必要的一環，因應於此，香港的高中教育課程已納入「通識教育」。自二零一二年開始的第一屆香港中學文憑考試，通識教育科被列入四大必修科目之一，考生入讀大學必須至少考取最低門檻的「第二級」的成績。在可預見的將來，在高中教育課程中，通識教育的份量將會越來越重。

在互聯網技術蓬勃發展的大數據時代，搜索功能的巨大擴展使得手機、網絡閱讀、搜索成為最常使用的獲取知識的手段，但網上資訊氾濫，良莠不分，所提供的內容知識未經嚴格編審，有許多望文生義、張冠李戴及不嚴謹的錯誤資料，謬種流傳，誤人子弟，造成一種偽知識的「快餐式」文化。這種情況令人擔心。面對着人工智能技術的迅猛發展所導致的對傳統優秀文化內容傳教之退化，如何能繼續將中國文化的人文精神薪火傳承？培育讀書習慣不啻是最好的一種文化訓練。

有感於此，我們認為應該及時為香港教育的這一未來發展趨勢做一套有益於中、大學生的「通識教育」叢書，針對學生或自學者知識過於狹窄、為應試而學習的不良傾向去編選一套「博雅文叢」。錢穆先生曾主張：要讀經典。他在一次演講中還指出：「此時的讀書，是各人自願的，不必硬求記得，也不為應考試，亦不是為着做學問專家或是寫博士論文，這是極輕鬆自由的，正如孔子所言：『默而識之』便得。」我們希望這套叢書能藉此向香港的莘莘學子們提倡深度閱讀，擴大文史知識，博學強聞，以春風化雨、潤物無聲的形式為求學青年培育人文知識的養份。

本編委會從上述六個有關通識教育的範疇中，以第一條作為選擇的方向，以第二條的芝加哥大學認定的「通識應該全部讀經典」作為本文叢的推廣形式，換言之，就是為初中、高中及大專院校的學生而選取的，讀者層面也兼顧自學青年及想繼續進修的社會人士，向他們推薦人文學科的經典之作，以便高中生未雨綢繆，入讀大學後可順利與通識教育科目接軌。

這套文叢將邀請在香港教學第一線的老師、相關專家及學者，組成編輯委員會，分類包括中外古今的文學、藝術等人文學科，而且邀請了一批受過學術訓練的中、大學老師為每本書撰寫「導讀」及做一些補註。雖作為學生的課餘閱讀之作，但期冀能以此薰陶、培育、提高學生的人文素養，全面發展，同時，也可作為成年人終身學習、補充新舊知識的有益讀物。

本叢書多是一代大家的經典著作，在還屬於手抄的著述年代裏，每個字都是經過作者精琢細磨之後所揀選的。為尊重作者寫作習慣和遣詞風格、尊重語言文字自身發展流變的規律，給讀者們提供一種可靠的版本，本叢書對於已經經典化的作品不進行現代漢語的規範化處理，提請讀者特別注意。

「博雅文叢」編輯委員會

二零一九年四月修訂

目錄

附二　陶淵明詩賞析三篇

附三　朱自清說詩三篇

導讀

給你的神經通一閃黃花

蕭望卿（一九一七—二零零六）的《陶淵明批評》是一本好讀的論著，在眾多陶淵明研究之中，帶給我不一樣的閱讀體驗。有些賞析詩歌的書籍比較枯燥乏味，但這本書的行文甚具文采，細膩而到位，彷彿作者曾投入陶淵明的心靈世界，再回來告訴你鑽進「桃花源」的途徑。在中國詩歌史上，陶淵明是非常關鍵的詩人，同時又是不容易鑒賞的詩人。假如沒有人指點迷津，你可能會輕易折返，放棄親近這位能與屈原、李白、杜甫並稱的詩人。

作者能寫得如此曉暢，引人入勝，在於他本身既是學者，也是詩人、散文家。一方面有扎實的學術根底，另一方面又有優美的文采，才能造就這一本可供審美的研究著作。值得一提的是，書名中的「批評」並非日常用語中具貶義的用法；就文學研究而言，「文學批評」是對作家和作品的解讀、分析與評論等等。這本書正是圍繞陶淵明及其作品進行的深入討論。

《陶淵明批評》由朱自清作序〈日常生活的詩〉，主體部份有三篇文章：〈陶淵明歷史的影像〉、〈陶淵明四言詩論〉和〈陶淵明五言詩的藝術〉。另外有三組「附錄」：一是作者再論陶淵明五言詩的兩份手稿，二是賞析〈停雲〉、〈時運〉和〈答龐參軍〉的文章，三是朱自清的詩論和書評。我不厭其煩地勾勒出全書的結構大綱，是希望讀者能把握本書的基礎和內在脈絡，找出閱讀和使用本書的竅門。

著名作家朱自清作序，固然反映了本書的重要性，但你可能會問，為甚麼還要在附錄中加入他的文章？這豈不是搶了風頭，甚至有東拼西湊之嫌？其實，蕭望卿在清華大學讀書時曾師從朱自清先生，在結尾附上他說詩的三篇文章，不但毫不多餘，反而體現出師承的關係，同時也讓讀者明白作者的分析進路。朱自清的〈詩的語言〉和〈詩多義舉例〉已是論詩的經典文章，他汲取了西方「新批評」文學理論，討論詩歌時以文本論文本，不像傳統那樣重視考據和知人論世的方法，反而更多的是從語言、形式、聲律、情感、意義的角度出發。英國文學批評家兼「新批評」學派創始人之一艾弗．阿姆斯特朗．瑞恰慈（Ivor Armstrong Richards, 1893-1979）對朱自清的影響深遠，知道這點，那麼作者多次引用瑞恰慈的理論也就不足為奇了。

這也是為甚麼，作者如此重視語言特徵，以致本書的焦點集中在「四言」和「五言」上面，藉此凸顯陶淵明詩歌的價值和局限。假如你想了解這種細讀的詩學分析方法和範例，以及想認識師承發展關係的話，不妨從附錄中朱自清的文章讀起；又或是你依着本書的順序閱讀，視朱自清的文章為補充部份亦無不可。

不過，姑勿論如何，本書的「歷史」、「四言」和「五言」三大主體部份，最好順序閱讀，因為這樣編排是有其肌理在的。別看陶淵明的詩質樸自然，就以為簡單。事實上，陶淵明其人其詩都是個小宇宙。加上，文學接受史是複雜的問題。陶淵明跟某些詩人（如李商隱）一樣，都經歷了若干朝代才登上頂尖詩人的寶座。每個朝代都有不同的政治和文化思潮，對詩人和詩歌的關注點都不盡相同。〈陶淵明歷史的影像〉這一篇要梳理的便是歷代接受陶淵明的概況，旨在讓讀者大致掌握詩人形象的輪廓，繼而能進一步分析他的作品，這正好凸顯出從「傳統批評」到「新批評」的轉向和用意。

正如上文所述，本書採用的是類似西方詩學「新批評」的方法，詩人的生平及其後代構建的形象都不是首要的，反而文本的語言才是真正要細讀評析的部份。作者先從「四言」講起，在〈陶淵明四言詩論〉一文中分析陶淵明四言詩的嘗試和局限，指出成就遠不如五言詩。不論是作者身處的年代或是現當代，陶淵明的四言詩往往為人所忽略。可是，要了解陶淵明的詩藝，還是繞不過它的。作者並沒有草草了事，而是同時指出了哪些地方因襲《詩經》的句法和語言。從創造的角度來看，四言無疑會顯得呆滯死板；但作者也並不籠統地批評，而是就具體的詩作個別討論，最後，認定仍有少數四言詩及某些特色是可觀的。

若要就詩歌文本的語言及獨創的力量進行討論，則詞語、意象、句法和節奏等等便是評論的核心成份。為此，作者用了〈陶淵明五言詩的藝術〉、附錄中的手稿〈陶淵明五言詩風格〉和〈陶淵明五言詩的語言〉三篇文章去探討。詩人在四言詩裏還未能尋找到自己的內在韻律，但在五言詩裏則找到了，並創造出新的聲音、風格甚至文體。作者不但比較四言詩和五言詩，更比較古代中國其他詩人和西方詩人的特質，從而凸顯出陶淵明的獨特之處。這些都建基於文本細讀的工夫，並非泛泛而談。漢魏六朝時期正處於四言詩過渡到五言詩的重要階段，一方面有着自然發展的趨勢，另一方面，傑出的作家總是能夠吸納傳統的養份，改造創新，樹立起文學藝術路上新的里程碑。中國古典詩歌，似乎到了陶淵明手上，五言詩才終於呼吸到自然鮮活的空氣。附錄中另有三篇賞析陶淵明詩的文章，都以個別詩歌為對象，進行通篇品鑒。這可以視作學習的範例。當讀者閱讀其他作品時，就能應用這種批評的方法。

總括而言，《陶淵明批評》發現了閱讀陶淵明的新視角，打開了後續研究的領域，不再局限於考據，而是從文學批評的角度，討論了語言和詩藝的問題。同時，它又沒有墮進西方「新批評」方法中常見的弊端，絲毫沒有機械、冷冰、呆板的感覺。作者平衡得恰到好處，在分析研究的同時，還能用他優美細膩的詩意文字，點染出陶淵明詩歌中的神韻，例如〈陶淵明五言詩風格〉中說：「陶淵明的詩確乎平淡，卻不是輕聲安流。你常常可以遇見一些素湍清影。」另外，又指出有些詩句能「給你的神經通一閃黃花，誰能不警覺？終於是一縷嘆息壓在你的心上，化為輕煙似的惆悵。」

靜靜地讀陶淵明的詩，翻閱《陶淵明批評》，同樣令人賞心悅目。

黃國軒

黃國軒，香港中文大學中國語言及文學系碩士。火苗文學工作室創辦人。現為大專兼職講師、編輯、專欄作家，著有《店量人生》。

蕭望卿像

與友人季羨林、王瑤等合影。

蕭望卿在書房

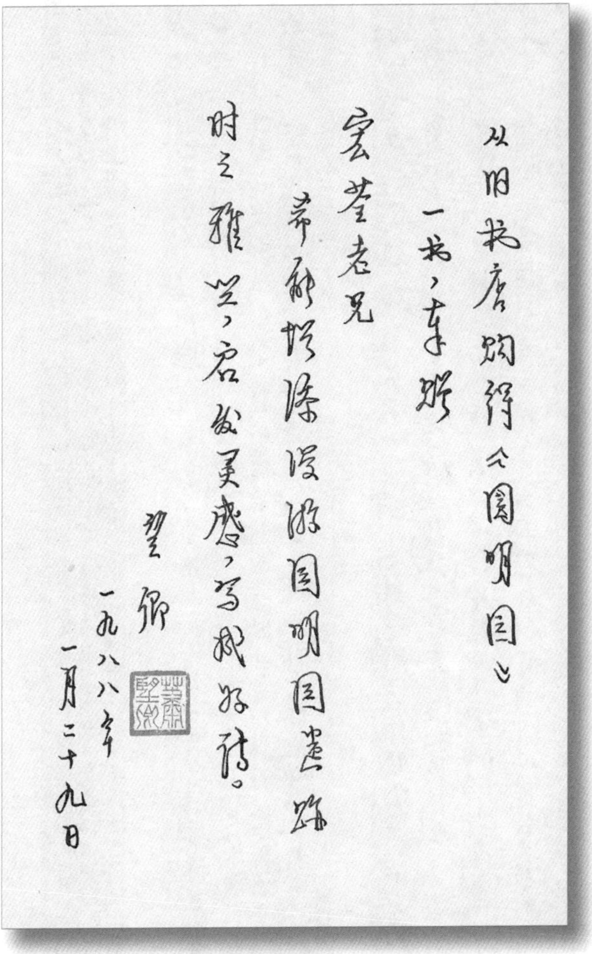

从旧书店购得《圆明园》
一书，奉赠
宏荃老兄
希翻检除漫游圆明园遗迹
时之雅兴，启发灵感，写几好诗。
望卿
一九八八年
一月二十九日

蕭望卿手跡

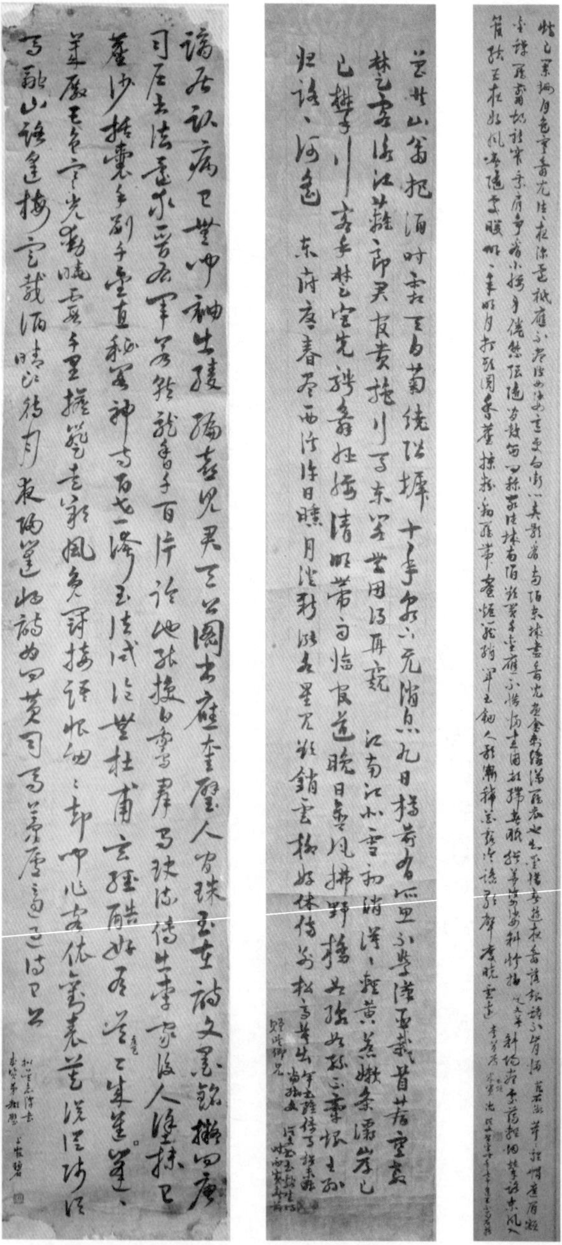

作者懸於書房的沈從文親贈手跡三幅

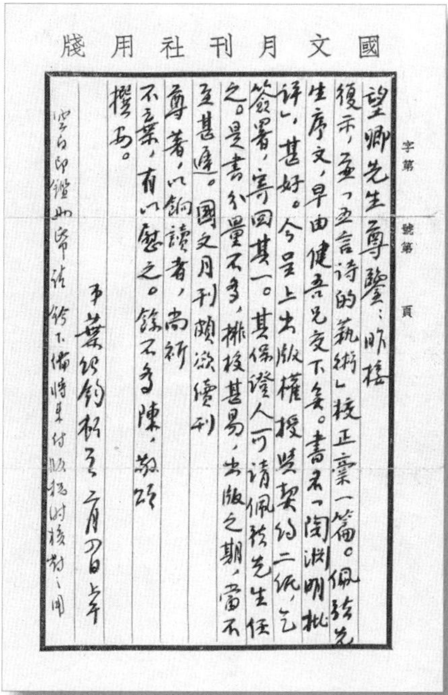

國文月刊社用牋

望卿先生尊鑒：昨接復示，並「五言詩的藝術」校正稟一篇。佩弦先生序文，早由健吾兄交下矣。書名「陶淵明批評」，甚好。今呈上出版權授與契約二紙，乞簽署，寄回其一。其保證人可請佩弦先生任之。是書分量不多，排校甚易，出版之期，當不至甚遲。國文月刊頗欲優刊尊著，以餉讀者，尚祈不棄，有以惠之。餘不多陳，敬頌撰安。

弟葉紹鈞拜上 六月四日午

空白印鑑如常請鈐下，備將來付版稅時核對之用

關於《陶淵明批評》的出版，葉聖陶具函蕭望卿。

開明書店初版《陶淵明批評》一書的封面。

前言

不少看似久遠的作品至今讀來依然讓人眼睛一亮，甚至驚異。其中有的曾經一度飽受讚譽，然而因為地域、政治等非學術原因，今天知道的人不多了。這些價值不菲的遺珍之中，我不假思索地要推薦蕭望卿先生的《陶淵明批評》。

《陶淵明批評》最早於一九四五年九月至一九四六年一月分三次連載於《國文月刊》，後由沈從文先生推薦給李健吾，繼而介紹給葉聖陶，納入「開明文史叢刊」，由開明書店在一九四七年七月出版。好評不少，因此一九四九年即獲再版。此後儘管台灣又重印過六次，而大陸一直沒能重版。加之蕭先生的主要學術活動集中在一九四九年以前，以至於蕭望卿這個名字誠如陶淵明唐前的影像，對於普通讀者實在太朦朧了；他的著作的真暉也不幸隱沒多年。

蕭望卿（一九一七—二零零六），字成資。湖南寧遠人。一九四零年考入西南聯大師範學院英語系，旋即轉入中文系，結識沈從文先生，在沈先生的關懷和指導下開始文學創作。一九四五年入清華大學文科研究所中國文學部，師從朱自清、聞一多兩位先生繼續深造，因此結識了林庚、季羨林、王瑤等先進學長。蕭望卿一九四六年先行返京，聞一多師相囑到清華會合，一起討論唐詩。不料聞先生在當年七月十五日遭到暗殺，其導師只剩朱自清先生一人了。一九四七年六月，蕭望卿參加畢業初試，論文題目為《李白的生活思想與藝術》，考試委員有陳寅恪、浦江清、俞平伯、余冠英、雷海宗、張岱年、游國恩諸先生。研究生畢業後，曾任教於河南商專、廣西桂林藝術師範學院、東北師範大學、河北師範學院等學校。

北京大學杜曉勤教授認為蕭望卿是「為數不多的對李白思想做全面、深入分析的學者之一」。但他最成系統、最為人熟知的作品當屬《陶淵明批評》（以下簡稱《批評》）。《批評》一書的最早發表時間，恰好是蕭望卿研究生入學的時間，應該是在其讀本科時完成了該書寫作。

關於這本書的導讀，朱自清序《日常生活的詩》，已經成為經典文章，讀者自可展開欣賞。本文只擬在綜合前輩學者相關評論的基礎上，談一談本書的學術史意義。

第一，作者揚棄了傳統考據的立場，而是在對陶淵明抱以「了解之同情」的基礎上，採用文學批評的視角來研究陶詩。

這種視角是以前不多見的，所以朱自清先生在本書《序》開篇就為這種方式正名，「這是一個重新估定價值的時代，對於一切傳統，我們要重新加以分析和綜合，用這時代的語言重新表現出來。」進而又言：「我們這時代認為文學批評是生活的一部門，該與文學作品等量齊觀。」這種觀念和羅蘭．巴特的話很近似，也是朱自清、聞一多、沈從文等那班代表當時文化最前沿的有識之士的共識，他們集學者、作家於一身，並以西南聯大、清華大學等地教席為陣地，培養出一批踐行他們主張且一專多能的優秀支持者，蕭望卿和穆旦、汪曾祺、王道乾、鄭敏、吳小如等人皆身列其中。《批評》出版後，吳小如以少若之名撰文評論，發表在一九四八年一月的《文學雜誌》上。「我相信，治文學所應走的路，單憑餖飣的考據或渺茫的創作是不夠的，到終結，還該回到『欣賞』與『了解』古典作品這一條路。此書雖小，卻不啻為後人開的一扇法門，點一盞明燈。」[1]這實際上是指出了《批評》介於考據與創作之間的典範意義。吳小如還以《批評》的語言為例，指出文學批評應該達到的境界：「作者的情感，卻用一種不假雕飾便成綺繡的詞采鋪摛績織而成。這本小書，不獨可作為專門讀物，且可用來當純文學的作品看，即此已合於『文學批評』

也應該是『文學』作品的條件與標準。」充滿創作激情的蕭望卿，以飛揚的想像力、細密的邏輯、雋永的筆致從容道來，直把《批評》鍛造成為名副其實的學術美文。

第二，有新視角，自然會看到新風景。「從藝術性方面分析淵明四言、五言詩的優劣，這是《批評》一書的最大特點。用一部書中絕大部份篇幅對淵明詩進行藝術分析，這不僅在蕭望卿此書之前所未見，即其後亦極少見。這一特點，便是蕭望卿在陶學史上的貢獻。」[2]詳人所略，知難而進，這是朱自清序言所一再褒揚的。

作者如此做，具有明顯的西方「新批評」的印記。他讀書期間，接受瑞洽慈、白璧德等西方一線批評大家的課程是自然的，《批評》一書的引文除了艾略特、瑞洽慈，還有葉芝、瓦雷里、蒲伯、朗吉努斯、西密拉等人的觀點，精細到從音調、節奏的語言內部探求文學風格的養成，這在今天讀來還是讓人欽佩的。

《批評》是在西方詩學參照下討論陶淵明詩歌的一本標誌性著作。關於陶淵明詩歌的評述重要的此前有兩波：一波是梁啟超和陳寅恪，一波是林語堂、朱光潛和魯迅。梁啟超的《陶淵明》是用傳統詩學知人論世方法，結合西方政治社會學分析來立論的，讚賞陶淵明「真能把他的整個個性端出來和我們相接觸」，「淵明的一生，都是為精神生活的自由而奮鬥」；這引起了陳寅恪的論爭，陳文《陶淵明之思想與清談之關係》，特別強調陶淵明的士族出身和氣節、天師道信仰和新自然觀思想。隨後林語堂在《生活的藝術》中標舉陶淵明「這位中國最偉大的詩人，和中國文化上最和諧的產物」，「因為陶淵明已經達到了那種心靈發展的真正和諧的境地，所以我們看不見一絲一毫的內心衝突，所以他的生活會像他的詩那麼自然，那麼不費力」。接着朱光潛《詩論》有陶淵明專章，融合西方心理學知識，同時引用溫克爾曼的觀點，提出陶詩「如秋潭月影，澈底澄瑩，具有古典藝術的和諧靜穆」，他後來又在《說「曲終人不見，江上數峰青」》接着發揮：「藝術的最高境界都不在熱烈。……屈原、阮籍、李白、杜甫都不免有些像金剛怒目，憤憤不平的樣子。陶潛渾身是『靜穆』，所以他偉大。」這引起魯迅的針鋒相對，他說陶潛「正因為並非渾身靜穆，所以他偉大」，並指出：「陶詩中除論客所佩服的『悠然見南山』之外，也還有『精衛銜微木，將以填滄海；刑天舞干戚，猛志固常在』的金剛怒目式，在證明着他並非整天整夜的飄飄然。」蕭望卿的《批評》汲取了這兩次大論爭的營養，有興趣的讀者可以參看並比較。

作者在新的批評參照系上，表達一個新的態度，也使用了新的概念，並對後來文學史寫作產生了重要影響。據筆者查閱各類文獻，「玄言詩」這一概念在出版物中首次提出和使用，當歸於蕭望卿名下。《批評》中多次使用「玄言詩」一詞，「陶淵明的四言詩也是從《詩經》導引出來……而玄言詩的影響就只在說理一方面。」不僅使用了這個名詞，更是指出了玄言詩的特點：說理。於是，玄言詩這類作品有了自己的專屬稱謂，成為詩學史的重要範疇，為後來的文學史所沿用。一般說來，這個概念的提出被追溯到朱自清的《經典常談》和《詩言志辨》，但兩書的初版分別在一九四六和一九四七年。至於玄言詩這個概念的最早提出，也許是蕭望卿直接接受了朱自清的影響，也許是師生學問相長的一個範例。

作者關於陶淵明、李白、《陌上桑》等系列研究，「當時評論界就認為：袁可嘉、蕭望卿的論文已經成為『替換老輩』的優秀成果。」[3]而此時蕭望卿年僅三十歲。

值得敬重的還有：作者不僅在古代文學批評研究方面卓有建樹，還同時涉足於文學創作、詩歌理論、現當代文學研究等諸多領域。在沈從文先生的鼓勵和指導下，相繼發表了《李其芳》（一九四二）、《七月》（一九四二）、《烏鴉》（一九四六）、《山城的小湖》（一九四六）、《桂花林裏》（一九四八）等作品，他在平津文壇嶄露頭角，成為「『新寫作』的新生力量」。[4]其散文創作尤其突出，被評價為「能於綿密深厚，委曲周至中得疏宕空闊之趣者」（吳小如語）。作者不僅創作新詩，還是新詩理論的積極思考者，他把關注視野投向現實題材，發表了《詩與現實》、《新詩的動向》等文章，被看作是「活躍於平津文壇的評論家」[5]。這個平津作家群對接當時西方思潮，希冀一個中國的文藝復興。作為其中的一員幹將，蕭望卿積極放眼國外優秀作品，憑借扎實的英文功底，翻譯了英國J．羅斯金的《山霧》、W．H．赫德遜《她自己的村落》等作品，為當時的新文學創作帶來一股新鮮的給養。

一九四九年之後，蕭先生顛沛流離，精力被嚴重分散，無法進行正常的創作和研究。一九八八年退休後，他準備重拾河山，把浪費的時間追回來，不幸又罹患白內障，幾近失明，直至一九九五年手術之後才見好轉，他能接着做的也主要是接引後進。蕭先生總是慨嘆這輩子沒有甚麼成績，有愧於朱自清、聞一多兩位導師，也對不住沈從文先生的期望。先生如此自責，充滿了對流逝光陰的無限惋惜，但其已經取得的學術成就是不會被遺忘的。

杜志勇

二零一三年十二月於河北師範大學文學院

註釋

1 吳小如：《陶淵明批評》（書評），《文學雜誌》第二卷第八期。

2 吳雲《陶學一百年》，《九江師專學報》一九九八年第一期。

3 傅秋爽主編：《北京文學史》，人民出版社二零一零年版，第三三二頁。

4 段美喬：《論一九四六—一九四八年平津文壇「新寫作」的形成》，《文學評論》二零零一年第五期。

5 張松建：《現代詩的再出發：中國四十年代現代主義詩潮新探》，北京大學出版社二零零九年版，第七三頁。

序　日常生活的詩

中國詩人裏影響最大的似乎是陶淵明、杜甫、蘇軾三家。他們的詩集，版本最多，註家也不少。這中間陶淵明最早，詩最少，可是各家議論最紛紜。考證方面且不提，只說批評一面，歷代的意見也夠歧異夠有趣的。本書「歷史的影像」一章頗能扼要的指出這個演變。在這紛紜的議論之下，要自出心裁獨創一見是很難的。但這是一個重新估定價值的時代，對於一切傳統，我們要重新加以分析和綜合，用這時代的語言重新表現出來。本書批評陶詩，用的正是現代的語言，一鱗一爪的，雖然不是全豹，表現着陶詩給予現代的我們的影像。這就與從前人不同了。

文學批評，從前人認為小道。這中間又有分別。就說詩吧，論到詩人身世情志，在小道中還算大方；論到作風以及篇章字句，那就真是「玩物喪志」了。這種看法原也有它正大的理由。但詩人的情和志主要的還是表現在作風以至篇章字句中，一概抹煞，那情和志就成了空中樓閣，難以捉摸了。我們這時代，認為文學批評是生活的一部門，該與文學作品等量齊觀。而「條條路通羅馬」，從作家的身世情志也好，從作風以至篇章字句也好，只要能以表現作品的價值，都是文學批評之一道。兼容並包，才能成其為大。本書二三章專論陶詩的作風和藝術，不厭其詳。從前人論陶詩，以為「質直」「平淡」，就不從這方面鑽研進去。但「質直」「平淡」也有個所以然，不該含糊了事。本書詳人所略，便是向這方面努力。要完全認識陶淵明，這方面的努力是不可少的。

陶淵明的創獲是在五言詩。本書說，「到他手裏，才是更廣泛的將日常生活詩化」，又說他「用比較接近說話的語言」，是很得要領的。陶詩顯然接受了玄言詩的影響。玄言詩雖然抄襲《老》、《莊》，落了套頭，但用的似乎正是「比較接近說話的語言」。因為只有「比較接近說話的語言」，才能比較的盡意而入玄；駢儷的詞句是不能如此直截了當的。那時固然是駢儷時代，然而未嘗不重接近說話的語言。《世說新語》那部名著便是這種語言的記錄。這樣看，陶淵明用這種語言來作詩，也就不是奇蹟了。他之所以能超過玄言詩，卻在能擺脫那些《老》、《莊》的套頭，而將自己日常生活體驗化入詩裏。鍾嶸評他為「隱逸詩人之宗」，斷章取義，這句話是足以表明淵明的人和詩的。至於他的四言詩，實在無甚出色之處。歷來評論者推崇他的五言詩，因而也推崇他的四言詩，那是有所蔽的偏見。本書論四言詩一章，大膽的打破了這種偏見，分別詳盡的評價各篇的詩。結論雖然也有與前人相合的，但全章所取的卻是一個新態度。這一章是值得大書特書的。

朱自清

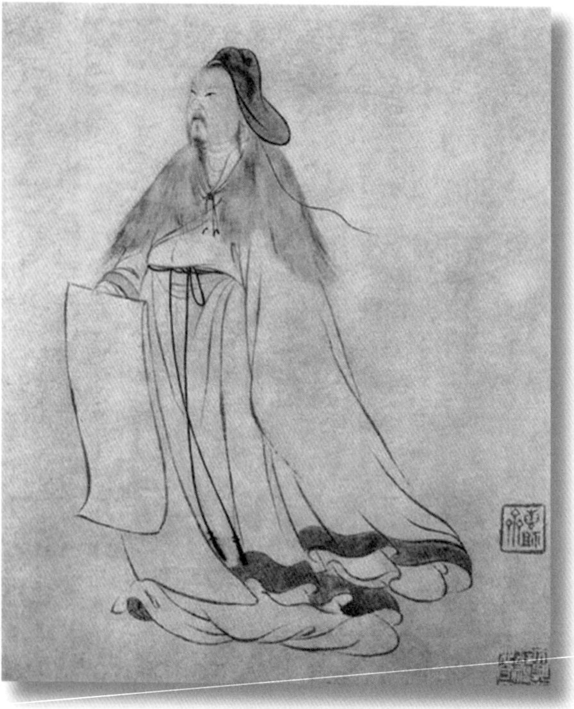

陶淵明畫像

陶淵明歷史的影像

萬族皆有託。
孤雲獨無依。
曖曖空中滅，
何時見餘暉？

一

這孤雲是陶潛（三六五─四二七）光明峻潔人格的象徵。他這樣預言，好像早就看出了他自己將來的際遇。他確乎像是無依的孤雲，隨着時代的流動明滅變幻（他的生距離今天是一五七九年），漸漸才露出真的光輝。他映照在人間的影像，在宋以前是比較朦朧的，而且有很長的時期尋不到一點痕跡。要描繪他「歷史的影像」

是不容易的，在這方面似乎沒有誰嘗試過。實在，只求勾出不太朦朧的輪廓，也已經是夠困難的了。

人類的眼光把不住事物的真象，他們如何被時代和自己無形的雲翳所蒙蔽，幾乎是難以想像的，他們的腦子難相信的窄狹，多麼不容易，也不願接受跟自己不同的，尤其是新的東西。陶淵明將詩的疆域擴展到田園，不惟帶來了新鮮的景象，新鮮的聲音，而且創造了一種新詩體。凡洛黎（Paul Valéry，今譯作瓦雷里。——編者註）論他的詩說：「他穿的衣裳是向最高貴的裁縫定做，而它的價值是你一眼看不出來的，他只吃水果，這水果可是他花了很大的工夫在自己的園地培植的。」這是陶淵明詩的精神，也就正因為這樣，他的真暉不幸隱沒了幾百年。

晉朝的詩大都穿着玄理的衣裳，粉飾太重的詞采，真的情思因而掩沒。在這樣的氛圍裏，淵明的詩發生怎樣的反應呢？從他自己的作品看不出一點影子，別的文字也極少觸着這個問題。顏延之（三八四—四五六）是淵明交情不算淺的朋友，他那篇《陶徵士誄》，關於淵明的文章，只點染四個字：「文取指達。」大約是引用「辭達而已矣」，說他「文體省淨」、「不枝梧」，也許隱含「質直」的微意。顏延之的詩，誠如鮑明遠所說，「鋪錦列繡，雕繪滿眼」，自己寫那派的詩，往往也就愛那派的詩，顏延之怕不甚容易賞識陶淵明。通常替人做哀誄，都將他的德行事業加以表揚，顏延之也説，「實以誄華」；可是，既然那樣極力讚嘆淵明的德行，若當時推重他的文章，即使顏延之不能委曲自己的趣好，那對於他這方面，也不會如此忽略。顏延之這種看法，或許可代表當時一般的風氣，怕不僅是他個人的意見。

他同時的人怎樣看淵明的呢？誄文只在追述他死時泛泛地説：「近識悲悼，遠士傷情。」幾近於套語，我不敢就此作太遠的揣測。他的傳記給我們一些啟示：江州刺史王宏（一作王弘。——編者註）想認識他，沒有辦法，不得不求他的老朋友周旋；刺史檀道濟親自去看他，稱他為「賢者」，還送了一些不幸不能討好的粱肉；惠遠是當時很少煙火氣的高人，竟破戒設酒，招引他入「蓮社」。他為甚麼被當時推重呢？主要的，我想，不是門閥，不是文章，而由於他高遠清雅的風趣。當時認真做官會惹人笑話，要是蕭散曠達，方夠風雅，陶淵明就是以高雅的隱士被一些人尊敬。在那種風氣裏，詩自然只好退居風雅的背後，甚或只是裝點風雅；何況當時文壇被玄虛輕綺的微霧籠罩，淵明那樣真正的新詩體，自然更不容易得到一般人的珍重了。

從顏延之《陶徵士誄》到沈約（四四一—五一三）、蕭統（五零一—五三一），其間關於淵明的史料我們驚失於一片虛白。沈約《宋書．隱逸傳》沒有一個字論到淵明的文章，沈約是當時文學界的權威，他這不重視淵明文章的態度至少可代表一部份人，甚或一時的風氣。這件事實就向我們說明：陶淵明的詩直到沈約修《宋書》的時候，還沒有甚麼地位。說也奇怪，沈約偏標出他的忠貞：「自以曾祖晉世宰輔，恥復曲身異代，自高祖王業漸隆，不復出仕。所著文章皆題其月日：義熙以前，則書晉氏年號；自永初以來，惟云甲子而已。」不過，這種論調在唐以前似乎還沒有人附和。

從晉到唐，陶淵明在一般人眼裏是個高雅曠達的隱逸人物。[1]愛讀書，特別是「異書」，一張素琴伴着南山秋菊，加深了他的「高趣」。就是詩，在晉朝人看來，主要的怕也不過點綴高趣而已。——他的詩他那個時代是不認識的，也許不承認他是詩，至少不是他們眼裏所謂「詩」。這是一個非常近情理可能的推想，從《陶徵士誄》和淵明的傳記也就可以看出一點影子。

陶淵明死後一百年左右，人類沉於微寐的眼睛是看不見他的。昭明太子（他的生距離淵明去世七十四年）素來愛淵明的文章，不能釋手，他替《陶集》作序，才帶來一個新的消息，這是陶詩的黎明。他說：「淵明文章不群，辭采精拔，跌宕昭彰，獨超眾類，抑揚爽朗，莫之與京，橫素波而傍流，干青雲而直上，語時事則指而可想，論懷抱則曠而且真，加以貞志不休，安道守節，不以躬耕為恥，不以無財為病，自非大賢為篤志，與道污隆，孰能如此乎？」閃耀的識力確是發現了淵明，也揭露了他性情的奧秘，唐朝人最不了解的：「有疑淵明詩篇篇有酒，吾觀其意不在酒，寄酒為跡者也。」

梁簡文帝（五零三—五五一）和他哥哥一樣，是愛好淵明的，他自己狂熱地寫着淫麗的艷曲，奇怪的是卻不曾敗壞清淡的口味（也許太膩了，正需要一點菠菜豆腐湯）。他常常將《陶集》放在几案上，隨時諷味。[2]帝王和皇族所愛好的，不難想像，一定有不少的人爭着迎上這種口味，很快地就擴張為風氣。到這個時候，陶淵明像一顆曙星開始在天空閃爍了。

在這裏我要補敍一件重要的事實，江淹（四四零—五零五）是從小就以一枝彩筆取得重名的詩人，他模擬陶詩，也就解釋淵明在文人眼裏升高了。他擬作「種苗在東皋」混入《陶集》，幸運得很，竟瞞過了東坡先生的眼睛。

鍾嶸（？—五五二）對於淵明的批評奠定了一種有力的觀點，也引起後來不少爭論。「陶潛詩文體省淨，殆無長語，篤意真古，辭興婉愜，每觀其文，想其人德。世嘆其質直，至如『歡言酌春酒』，『日暮天無雲』，風華清靡，豈直為『田家語』耶？古今隱逸詩人之宗也！」我們不該過份枉屈了這位先生，雖然他帶着那個時代濃重的偏見，這段評論卻是洩漏了淵明詩的靈魂。

他所謂「田家語」是和口語比較接近的，跟矯飾雕鏤的語言相對，用這種語言表現「真古」的意境，就形成「省淨殆無長語」的風格，恰好解釋了顏延之為甚麼說他「文取指達」。這給我們三個極有意義的啟示：

昭明太子以前，似乎是將淵明的詩看作正宗外的一種詩體，無足輕重的詩體。實在，淵明和這個時代的詩風懸隔太深了，他的價值不能被認識是一點也不奇怪的。我們看作者立即吐出了他的口供，也說明了他那個時代：「至如『歡言酌春酒』，『日暮天無雲』，風華清靡，豈直為『田家語』耶？古今隱逸詩人之宗也！」那樣禁不住擊節嘆賞，只是因為這兩首詩「風華清靡」。「風華清靡」是那個時代詩的極則，也是欣賞批評的標準。陶淵明的詩在當時為甚麼堙沒，他的解釋是「世嘆其『質直』」。

鍾嶸從淵明詩裏隱約看出一個消息：「每讀其文，想其人德。」我們彷彿從他的詩裏，看出那麼一個瀟瀟灑灑的人物坐在一片石上，金黃的菊花映照他漉過酒的葛巾，和斑白的鬢髮；鋤頭捎上肩膊，從多露的荒徑，帶回一片明月；獨自坐在窗子面前，一杯美酒，想像望白雲飛升。

顏延之說淵明是「南嶽之幽居者」，後來沈約送他進《隱逸傳》。而將他隱逸的身份與詩結合在一起，稱為「隱逸詩人」的，那是鍾嶸。這個觀念也就凝結為陶淵明一面重要的形象。

北齊陽休之從文詞批評淵明：「淵明之文，辭采雖未優，而往往有奇絕異語，放逸之致，而棲託仍高。」「辭采未優」也就是鍾嶸的「質直」，這種論調的源頭應上溯到顏延之，以後直至宋朝，陳師道還在檢點這宗舊案。昭明太子說過：「淵明文章不群，辭采精拔，跌宕昭彰，獨超眾類，抑揚爽朗，莫之與京，橫素波而傍流，干青雲而直上。」陽休之像是有意給這段難捉摸的文字做簡明的詮釋：「往往有奇絕異語，放逸之致，而棲託仍高。」後來宋朝人就接着他作疏。

二

我們隨着虛白的紀錄飛越到唐朝。梁時江淹雖然擬過陶詩，影響還未展開，到唐朝就形成了「田園詩」一大宗派，直到現在，還不斷有它的嗣音。沈德潛說得很好：「陶詩胸次浩然，而其中一段淵深樸茂不可到處，唐人祖述者：王右丞有其清腴，孟山人有其閒遠，儲太祝有其樸實，韋左司有其沖和，柳儀曹有其峻潔，皆學焉而得其性之所近。」（《說詩晬語》）中唐以後，白香山學淵明，薛能、鄭谷也學淵明。鄭谷的確非常有風致：「愛日滿階看古集，只應陶集是吾師。」少陵有好些詩和淵明神態很逼近，李白也有不少的句子可以看得出是規摹淵明的。陶淵明到這個時候，漸漸升到天的中央了。

可是，唐朝人實在太不認識淵明了。蔡絛之說：「淵明詩，唐人絕無知其奧者」，這句話並不曾過火。顏延之說淵明「性樂酒德」，梁時有人懷疑他的詩「篇篇有酒」，這派論調到唐朝頓然增長了勢燄。王維、韋應物、白居易都認為淵明懂得酒。「復值接輿醉，狂歌五柳前」，王維似乎是把五柳先生這個觀念跟狂歌的隱士和醉酒結合在一起；白居易說他「還以酒養真」。彷彿在他們看來，陶淵明是個真懂得酒味的隱士。

唐朝人怎樣批評他的詩呢？杜少陵說：「陶謝不枝梧，風雅共推激，紫燕自超詣，翠駮誰剪剔？」（《夜聽許十一誦詩愛而有作》）大約是說淵明的詩平淡，風骨高，用不到修琢。又在《遣興》裏論道：「陶潛避俗翁，未必能達道。觀其著詩集，頗亦恨枯槁。」他所謂「枯槁」，大約包含兩方面的意義：一是說他生活狹隘，一是說他的詩「質」、「癯」。假如他不含戲謔，或故作逆論，就未免太誤解淵明了。可是，誤解淵明，豈只少陵呢？韓昌黎說：「讀阮籍、陶潛詩，乃知彼雖偃蹇不欲與世接，然猶未能平其心，或為事物是非相感發，於是有託而逃焉者也。」（《送王秀才序》）這是他對於淵明的幻覺，遠遠的蒙着一層霧。彷彿心太粗糙，不能與淵明的精神接觸。

唐朝人實在是太歪曲了淵明，豈只不認識而已。沈約提出淵明詩入宋只記甲子，以前都題晉年號，到了唐朝，五臣將它搬進《文選》註，才引動人好奇的眼睛，淵明「忠憤」這方面的人格就漸漸擴大了。顏真卿感慨淋漓，一把拉住淵明做知己：「張良思報韓，龔勝恥事新。狙擊苦不就，捨生悲縉紳。嗚呼陶淵明，奕葉為晉臣。

自以公相後，每懷宗國屯。題詩庚子歲，自謂羲皇人。手持《山海經》，頭戴漉酒巾。興逐孤雲外，心隨還鳥泯。」[3]到宋朝，還虧得朱熹為他壯聲勢：「讀之者足以識二公之心，而著君臣之義。」從此時起，「忠憤」也就凝為淵明一面的形象。

昭明太子喚起一派淡青的曙光，陶淵明的影像就漸漸露出來，而四面飄着些微雲，他這是在那裏閃爍，搖曳，浮動，變幻。此後有很長的時期，他的光輝相當黯淡，人們望着他，好像隔着一層霧似的。到了宋朝，微雲散了，天空澄碧，他的形象便漸漸明朗確定。

我們由淵明常常聯想起東坡，他愛淵明的詩，欣慕他的為人，嘆服他的「絕識」：「淵明欲仕則仕，不以求之為嫌；欲隱則隱，不以去之為高；飢則扣門而求食，飽則雞黍以迎客；古今賢之，貴其真也。」（《書李簡夫詩集後》）東坡指出這個「真」字，寫活了淵明。他說淵明詩：「初視若散緩不收，反覆不已，乃識其奇趣。」（《書唐氏六家書後》）淵明有些詩，造語組織初看彷彿不很經意，微覺「散緩不收」，他說出了許多人隱隱約約感覺得到，卻說不出的話。陽休之早看出陶詩「往往有奇絕異語，放逸之致」，而從「散緩」見出「奇趣」是東坡新的發現。

推崇淵明豈只是東坡，歐陽修說：「晉無文章，惟陶淵明《歸去來辭》而已。」

王荊公在金陵時，做詩最喜歡用淵明詩的事，甚或有四韻全用他的。以永叔和荊公在當時文壇和政治上的地位，這樣推崇淵明，我們可以想像會發生怎樣大的影響。

黃庭堅對於淵明更是極其推尊，他自己曾經向淵明挹取詩泉，這是非常奇異的事情。他說，「淵明詩不煩繩墨而自合」，只是寄意，不曾顧到「俗人讚毀其工拙」。又說：「淵明不為詩，寫其胸中之妙耳。」（《書意可詩後》）這就愈是透入玄秘了。詩意突然來襲，逼着詩人做夢似的本能地寫下來，在這種夢遊狀態成功的詩確乎是有的；可是有時卻冥搜沉吟，靈感招喚不來。寫詩的怕誰都有這兩種不同的經驗，不過時代不同，個人習慣才性不同，程度有等差而已。山谷的話用來解釋淵明一部份的詩是非常恰當的。

淵明常將詩伴着酒，有時隨意題幾句自娛。一面作為朋友談笑的資料。[4]詩在他只是生活的一部份。「意不在酒，寄酒為跡」，是對的；說他「意不在詩，寄詩為跡」，也一樣正確。假如他轉入玄默後對於人間還有所希冀，那是已經落入虛空的事業，怕他不是想把一卷詩集長留給世界。

過去批評陶淵明的朱晦庵是個重要的人，他說：「淵明詩平淡，出於自然。」不妨用他自己的話來解釋：「淵明詩所以為高，正在不待安排，胸中自然流出。」

淵明詩所以能夠平淡，不僅在文字，還得從他的人格去探索源頭，沈歸愚恰正說着了：「陶公胸次浩然，其詩天真絕俗，當於語言意象外求之。」朱晦庵說淵明「欲有為而不能」，更深地掘發了他的人格。他也看出了這強壯的洪流如何表現在詩裏：「韋蘇州詩直是自在……陶卻是有力，但詩健而意閒。」他的《語錄》說得很好：「淵明詩人皆說平淡，某看他自豪放，但豪放得來不覺耳。其露本相者是《詠荊軻》一章，平淡的人如何說得出這種言語來？」

首先提出淵明思想問題的也是他。他以為「靖節見趣，多是老子」，又說他「旨出於老莊」。這話一出，可把真西山駭得大聲疾呼：「以余觀之，淵明之學正自經術中來。」一把想塞住入口，立時挑出陶詩緊緊和孔老夫子、顏回拉在一起，捧出伯夷、叔齊作為淵明理想的象徵。這殷勤的苦衷當然是可愛的囉，不幸是他和朱晦庵都不曾錯，也不全對，各說出了一點兒。真西山苦心抗拒，遠不如陸九淵的勇決，他是衝上前去，一把拉緊，「淵明有志於吾道」。這些現象反映出來的意義是甚麼呢？這個時候的陶淵明在人心裏已燦爛顯赫地升到天空的中央了。[5]

從前的人很少做有系統成篇的論文，多只留下片段的思想，從那裏面不容易見出條貫來。有時他們也不曾將自己的意見完全說出，就這樣的材料推繹，很難避免沒有歪曲和誤解。我們小心地將上面那些細碎的花葉編綴起來，約略也就可以見出個輪廓：宋朝人認識淵明的人格遠比以前清楚，對於寫詩的技巧也比從前了解深得多，已經看出他不同的風格（平淡、奇特、穠麗、豪放）和多方面的發展（感憤、譏諷、閒遠、恬澹），關於他的思想，此時還未周密地深刻考察，但大致已經看出他一部份的源頭：一是道家，一是儒家。

關於陶淵明的研究到宋朝已有個綱領，明清兩代沒有甚麼新的發展（元朝關於這方面的材料，此時一點也找不着），我在這兒不必一一描寫他們，只舉出幾個比較重要的也就夠了。

顧炎武在《日知錄》裏說過：「栗里之徵士，淡然若忘於世，而感憤之懷，有時不能自已，而微見其情者，真也。」還是舊案，不過他探進比較深的意識。黃文煥的意見是值得特別提出來的：「古今尊陶，統歸『平淡』，以『平淡』概陶，陶不得見也；析之以煉字煉章，字字奇奧，分合隱現，險峭多端，斯陶之手眼出矣。」（《陶詩析義自序》）就文字細細分析，比從前的人深刻多了。「鍾嶸品陶，徒曰隱逸之宗，以『隱逸』概陶，陶又不得見也；析之以憂時念亂，思扶晉衰，思抗晉禪，經濟熱腸，語藏本末，湧若海立，屹若劍飛，斯陶之心膽出矣。」（同上）他說淵明憂時念亂，情感熱烈，這是對的，我倒以為「思扶晉衰，思抗晉禪」，更掘發了他的隱衷，這似乎有點煞風景，可是，美的想像無法否認這一方面也正是陶淵明。

清朝我只想提一提沈德潛，他說淵明是「六朝第一流人物，其詩所以獨步千古」。用人格解釋他的詩是以前的人很少注意的。白朗寧（Robort Browning）在《雪萊與詩的藝術》裏說：「我們接近詩，必須接近詩人的人格。」尤其陶淵明，詩和他的人格契合無間，或者說詩是他人格映照出來的一片幽輝，他的文字並非特別新奇，也許是比較簡單的，組織也沒有多的特別，也許更自然，而一放進詩裏，便有一段「淵深樸茂」的情趣，除了他光明峻潔的人格，我們還能尋出更好的解釋麼？

我已經描下陶淵明反映在人間形象輪廓，不過那只是他的影子，不甚真確，也不完全的影子。要了解他情思與藝術的發展，只有向他自己的作品裏去探尋。下面是我對於他的心靈很不完全的鳥瞰。

他三十歲以前的作品都不會傳下來，我們構擬少年的淵明，只能從他後來的回憶：

少學琴書，偶愛閒靜，開卷有得，便欣然忘食。見樹木交蔭，時鳥變聲，亦復歡然有喜。常言五六月中，北窗下臥，遇涼風暫至，自謂是羲皇上人。（《與子儼等疏》）

我們幾乎誤認這就是壯年以後的陶淵明，小時候的感覺經驗常常支配人終生行為發展的方向，他後來「任真自得」的胸次，我們忽然在這兒發現一脈暗泉。

少無適俗韻，性本愛丘山。
誤落塵網中，一去三十年。
……
久在樊籠裏，復得返自然。（《歸園田居》）

陶淵明常說「自然」（這個觀念形成他一生思想主要的骨幹）。「自然」是莊子的思想，嵇康再三讚美自然，這影響是很明白的。奇怪的是這個思想從他外祖父孟嘉可以找到根源。[6]孟老先生是個蕭散放達的人物；淵明大部份的性情就像是從他摹寫下來的。

淵明說他「性本愛丘山」，愛自然是當時新發生的思想，它在人心靈裏如何會起來的呢？道家思想、佛學，和道教神秘的觀念（尤其關於神仙的），對於魏晉疲於戰亂的人是可喜的解脫，他們蒼白的心靈隨着幽思玄想從地面學習飛升，這夢遊的精神因為一種特殊機緣，和江南明麗的山水遇合，它的靈魂就向那裏面浸進去，幻為空靈明澈的異境。自然是人類共同的家鄉，它一向對人露出親密的顏色，好像永不會改變。魏晉時候的人窒息於政治霉爛的黑暗，厭倦了亂離和顛連，敏感的文人就悄悄溜進自然的門，挹取一滴幽涼來撫慰自己的憂傷，他們的情感也就轉注入這幻想的世界，而從它淵靜安謐的美的景象，得到一種內心神秘的喜悅。

他們的眼睛隨着轉向田園，實在，鄉村裏的人帶着健康的泥土的氣息，還不曾太失去天真，說他們醇厚吧，不錯，他們彼此有真摯的溫情交融，這種空氣發出一種催眠似的力量，使騷亂的靈魂靜定。

淵明故鄉的雲山，對於他的詩和生活都發生了很大的影響。他的老家上京，據桑喬《廬山紀事》，「上京山當太湖濱，一峰獨秀，彭澤東西數百里，雲山煙靄，浩渺縈帶，皆列几席間，奇絕不可名狀」。這一片煙波縈繞在他童年的記憶裏，恍如一種清澈的呼喚，搖撼他內心的明波。他在外面時常沉吟反覆：「日倦川途異，心念山澤居」；「聊且憑化遷，終返班生廬」。後來他解官回到家裏，才喘出一口長氣：「久在樊籠裏，復得返自然。」

弱齡寄事外，委懷在琴書。
……
時來苟冥會，緩轡憩通衢。
……
真想初在襟，誰謂形跡拘？（《始作鎮軍參軍經曲阿》）

超然事外，不拘形跡，使我們聯想起他的父親，「淡焉虛止，寄跡風雲，冥茲慍喜」。淵明的性格有些地方跟他父親實在太酷肖了。

少年罕人事，游好在《六經》。
行行向不惑，淹留遂無成。（《飲酒》）

他年輕時候讀些甚麼書是值得注意的，他對於「六經」的態度是「游好」，不像一般經生句訂恪守。

憶我少壯時，無樂自欣豫。
猛志逸四海，騫翮思遠翥。
荏苒歲月頹，此心稍已去。（《雜詩》）

你能想像陶淵明這迥然不同的一面：意氣飛揚，懷抱壯志？

少時壯且厲，撫劍獨行遊。
誰言行遊近？張掖至幽州。
飢食首陽薇，渴飲易水流。（《擬古》）

這個小英雄就是後來「忘懷得失」的五柳先生！我們真難想到他從小即具有一身「俠」骨，而這點奇異的東西直支配他一生（《擬古》「辭家夙嚴駕」，就說明他老年還充沛這種精神）。可是，這股洪流後來遇着荒寒的山峽，就蜿蜿蜒蜒走入開滿薇花的西山，成為始終不安定的潛流。從這潛流傾注出壯健的生命力和太熱烈的情感，就度給他的詩不淺的光焰。

文化像一杯溶液，所有的分子交融而變為一種化合物，呈現出新的性質。嚴格說，它是不能剔分的，每個分子都失去自己一部份原有的性質，都從外面接受了新的生命。人就在這樣的溶液裏面游泳，誰能說身上絲毫不沾染它？哪怕是一點半滴，也就包含整個的文化，不能說純粹是哪一家、哪一派的思想。接受後，經過一番鎔鑄，便產生一種新的性質，即不同接受進去時的溶液，更不是原來哪一家、哪一派了，甚麼都不是，它只是一種特殊的、新的東西。拼命爭持陶淵明是儒家，是道家，「可憐無補費精神」！

生命是件奇異的東西，包含着難以相容的矛盾和無窮的變異，不斷地否定，絕望，再生。要想詳盡解釋陶淵明的思想，是吃力不討好的事情，我們卻不妨大約這樣說：他是接受了儒家持己嚴正和憂勤自任的精神，追慕老莊清靜自然的境界（卻並不走入頹唐玄虛），也染了點佛家的空觀、慈愛與同情，[7]奇怪的是他也兼容遊俠的精神。他的思想和一生的路徑小時候就大致已經奠定，雖然他以後似乎是不斷地在那裏變。

陶淵明的精神永遠是積極的，他在當前景況與意志慾望的衝突裏不斷痛苦掙扎，他懂得順任自然，而由於他宏遠的懷抱，和太強壯的生命力，終於不曾斷念逃出這個世界。

> 結髮念善事，僶俛六九年。
> 弱冠逢世阻，始室喪其偏。（《怨詩楚調示龐主簿鄧治中》）

這時候淵明已經五十四歲，他還在勉強奮鬥，可是熱情孤憤終竟不能挽回快坍塌的世界呵！我們聽到遠處一種深沉而悲涼的聲音：

> 試酌百情遠，重觴忽忘天。
> 天豈去此哉，任真無所先。
> 自我抱茲獨，僶俛四十年。

形骸久已化，心在復何言？（《連雨夜飲》）

他漸漸轉入沉冥玄默：

總髮抱孤介，奄出四十年。
形跡憑化往，靈府長獨閒。（《庚申歲六月遇火》）
逝止判殊路，旋駕悵遲遲。
目送回舟遠，情隨萬化遺。（《於王撫軍座送客》）

而他並不就全然墮入虛冥，他還燃燒着不滅的希望。憮然嘆息：「總角聞道，白首無成」，壯厲之氣又回到他衰白的靈魂，於是發出毅決的聲音：

四十無聞，斯不足畏！
脂我名車，策我名馬。
千里雖遙，孰敢不至？（《榮木》）

壯氣雖然回來，畢竟是不能長住的，他的眼睛打開，驚失於一片幽暗，冥思就將他浮到幻想的世界。

愚生三季後，慨然念黃虞。（《贈羊長史》）

遙遙望白雲，懷古一何深！（《和郭主簿》）

他想像自己是羲皇上人，精神飛越入太古幻美的靈界。

淵明晚年在自然裏構築起一座仙境，從酒裏尋找另一片幽渺的天地，他的幻想望着唐虞的幽光飛升，桃花源就是這樣一個理想的靈境。那裏面的社會形態多是從老莊挹取來，染了一點兒神仙的思想。8

淵明確乎有神仙思想（可不曾辱沒詩人），我這話不是沒有根抵的。顏延之說他「心好異書」，這「異書」大約多少與神怪有關係，他自己也說過：「泛覽《周王傳》，流觀《山海圖》。」《讀山海經》其中好些是遊仙詩，《搜神後記》相傳是他作的，現在有些人還相信其中一部份是他做的，這更是有力的證據了，我們的好奇心卻要問他對於神仙的態度如何呢？我想，他是愛好，欣賞，卻非真相信神仙。[9]說他借神仙詠懷，當然也不錯，但不如這樣說，他是用神仙思想構成美幻的靈境，寄託他無依的心所包含的殘夢與哀愁。

避亂的念頭常在他靈府裏低徊。《桃花源》詩：「嬴氏亂天紀，賢者避其世。黃綺之商山，伊人亦云逝。」黃綺就是他想追從的朋友。[10]他的精神始終是積極的，所以避世。他在給他兒子的信裏委婉地解釋他自己的隱衷：「性剛才拙，與時多忤，自量為己，必貽俗患；僶俛辭世。」他雖然退到田園，可並不曾逃出這個世界。陰影落到這老人心上時，他吐露出悲憤，豪俠的肝膽並不會化為冰雪，有時還激動他衰白的頭髮。

沈約在《宋書》裏說淵明「自以曾祖晉世宰輔，恥復屈身異代。自高祖王業漸隆，不復出仕」，這種論調到唐朝回聲就相當熱鬧，後來似乎已經被公認了。最近才有人做漂亮的翻案文章，說淵明是看見時勢無可挽回，才隱居不出，「如果以為他在爭甚麼姓司馬的，姓劉的，未免小看了他」。（參看梁啟超《陶淵明》。——編者註）說淵明看清了時勢，才退隱不出，確乎不錯，可是，若說他對於政柄的轉移能夠那樣超然事外，就未免是以千多年後的民主精神衡量古代專制朝廷裏的貴族，真是太聰明了！中國一向的讀書人生來就是政治的工具，君主是國家的重心，君臣和他戴着同一個命運，因此忠於朝廷的觀念就在從前讀書人心裏扎了根，「窮年憂黎元，嘆息腸內熱」，眼光由朝廷伸展到民眾，而寄與深厚的同情，這思想在文學裏造成一種風氣，似乎是盛唐以後的事。陶淵明一向被認為是「忘懷得失」的高人，「逸鶴任風，閒鷗忘海」，這微妙的比喻當然是不錯的，而從另一面看，他卻是忠於朝廷的貴族。誰也不能完全跳出他的環境和時代，這原沒有甚麼稀奇，何況淵明他自己家裏和母家幾代都做晉朝的大官，[11]他對於晉朝自然會發生深切的情感。如果我可以用這樣的比喻，就像是為對於一個共榮共存的巢似的（《擬古》「仲春遘時雨」恰正借燕子抒寫對於故國的眷戀）。劉裕劫去皇冠，他哪沒有隱痛（他自己的詩就是證明）？何況淵明是從小就猛志橫逸四海，比別人特別多長了一點俠氣的，「眷戀故國，疾視新朝」，原是太自然，絲毫沒有甚麼稀奇！

可是，淵明並非永遠局促在那個小圈子裏，當他精神與自然冥合時，靈府裏不再有世界，何況那風雨穿透、頹毀了孤殿？他回到田園，恍若飄入青冥，在想像的藍海裏追尋璀璨的遠夢，隨後悠然飄下光明而寧靜的聲音：「俯仰終宇宙，不樂復何如？」

註釋

1 顏延之《陶徵士誄》說他是「南嶽之幽居者」，後來《詩品》說他是「隱逸詩人之宗」。《宋書》、《晉書》、《南史》邀淵明入《隱逸傳》，《蓮社高賢傳》也收進這位不曾列籍的社友。

2 顏之推《家訓》：「劉孝綽當時既有盛名，無所與讓，惟服謝朓，常以《謝集》置几案間，動靜輒諷味。簡文愛陶淵明文，亦復如此。」

3 見《困學紀聞》。

4 陶淵明創作的態度：

（一）「春秋多佳日，登高賦新詩。」（《移居》）

（二）「臨清流而賦詩。」（《歸去來辭》）

（三）「常著文章自娛，頗示己志，忘懷得失，以此自終。」（《五柳先生傳》）「銜觴賦詩，以樂其志，無懷氏之民歟？葛天氏之民歟？」（同上）

（四）「余閒居寡歡，兼比夜已長。偶有名酒，無夕不飲，顧影獨盡，忽焉復醉；既醉之後，輒題數句自娛，紙墨遂多，語無倫次。聊命故人書之，以為歡笑爾。」（《飲酒詩．序》）

5 摘錄幾條當時詩人的批評，可以見出個梗概：

僧思悅說：「先生（淵明）之詩，風致孤邁，蹈厲淳深，又非晉宋間作者所能造也。」

東坡說：「淵明作詩不多，然質而實綺，癯而實腴，自曹劉鮑謝李杜諸人皆莫及也。」

黃山谷說：「謝康樂、庾義城之詩，爐錘之功，不遺餘力，然未能窺彭澤數仞之牆。」

真西山說：「淵明之作宜自為一編，以附於《三百篇》《楚辭》之後，為詩之基本準則。」

6 陶淵明《晉故征西大將軍長史孟府君傳》：「府君自總髮至於知命，行不苟合，言無誇矜，未嘗有喜慍之容。好飲酒，逾多不亂，至於任懷得意，融然遠寄，傍若無人。溫嘗問君：『酒何好？而聊嗜之？』君笑而答之曰：『明公但不得酒中趣耳。』」又問：「聽妓，絲不如竹，竹不如肉？」答曰：「漸近自然。」

7 淵明作品裏沒有鮮明的佛的色彩，但他實在受了佛的影響：

（一）魏晉時佛學助長新人生觀與浪漫思想的發展，淵明無形中也就會接受了一點那種空氣。

（二）當時佛學與道教在社會流傳時，有點兒混和，淵明有《遊仙》詩，顯然接受了一部份道教的思想，怕也就染了一點佛的觀念。

（三）就算是攢眉辭「蓮社」的記載可靠，但他無形中接受了那種思想，卻不願意接受形式的約束，何嘗不可能？尤其是淵明那樣的性格。

8 挑引陶淵明欣往的古代社會正是老莊思想的幻境，自然也經過淵明想像的鎔裁。《歸去來辭》「帝鄉不可期」，「帝鄉」這個觀念從莊子來：「華封人謂堯曰，『乘彼白雲，至於帝鄉』。」那是古代幻美的象徵，也就是《五柳先生傳》所玄想「無懷氏」「葛天氏」的世界。

9 陶淵明詩：「即事如已高，何必升華嵩？」「世間有松喬，於今定何間？」可略略看出他非真真相信神仙，「故老贈余酒，乃言飲得仙。」當時神仙思想怕是平常的事（也許是一種美的想像），並不像後來認為荒誕。

10《桃花源》詩：「黃綺之商山，伊人亦云逝。……願言躡清風，高舉尋吾契。」線索分明可尋。《飲酒》也說世界是非顛倒，他自己「且當從黃綺」。

11 淵明父親、祖父都做過太守，官不算小，有人說陶侃不是他的曾祖，那就姑且不說；再看他母親家裏，他外祖父孟嘉是晉征西大將軍長史，孟嘉的曾祖父做過司空，祖父是廬陵太守。

陶淵明四言詩論

一

一般人喜歡陶淵明，大抵是着重他的五言詩，批評的也是籠統說，很少特別指出他的四言詩來。他的四言詩價值究竟如何呢？這樣問也許會有人驚訝，因為從宋以來對於陶淵明都是一味恭維，然而在你享受他的詩後，細心分析它，大約不能不承認四言詩在淵明的作品裏不甚重要的，成就遠不如他的五言詩高。

一種文體需要長時期的醞釀、滋長，然後綻出奇葩。（幸運的作家就剛趁上花快露面的時候，後來的花時已過去，如其仍迷戀着那奇異的香澤，就只好在那棵樹上養幾朵伶仃瘦小的晚花了。）沒有過去無量數的人不斷努力，絕不會一朝就結成豐美的果實；而那種文體有最高作品出現時，那最高的作品便放散出一種氣氛，籠罩着那個園地，以後就不能有更遠的發展了。

所謂傳統，不只是技巧的流派，而且是神情（mood）與態度（manner）的流派。作家離不開它，就如植物不能脱離土地。做四言詩的人沒有不向《詩經》取得營養的，陶淵明的四言詩也是從《詩經》導引出來，樂府詩的影響是極少極少的，只在其中兩三篇裏的明白生動一方面見出輕微的痕跡，恐怕還是和建安以來的四言詩關係稍稍深一點，尤其是曹子建。而《停雲》和《歸鳥》露出一種新俊的氣息，和嵇康的四言詩有近似的地方，特別是它們都創造出一種新的旋律。《楚辭》的泉流不甚顯著，而玄言詩的影響就只在說理一方面。

除了《勸農》、《命子》、《歸鳥》和《酬丁柴桑》，其餘的都有序，就告訴我們他是學《詩經》。序中「停雲，思親友也」，「時運，遊暮春也」，更顯然證明了它們的血統是屬於《詩經》的嫡系。淵明四言詩最顯明的特徵：一是多用比興，一是多復沓，這也是《詩經》的特質，正好說明它的淵源。《停雲》、《榮木》等篇用比興，《時運》、《歸鳥》、《榮木》、《停雲》都取復沓的組織，而最整齊的是《歸鳥》，這種技巧在他的詩裏都能產生良好的效果。若略微分析，《榮木》、《命子》、《勸農》、《答龐參軍》、《酬丁柴桑》、《贈長沙公》六篇接近《雅》

的氣氛較多，《停雲》、《時運》、《歸鳥》就和《風》比較接近。

風格其實就在包含觀念的一種字句形式裏，而它就是心靈的姿態。陶淵明四言詩句的形式多是汲取《詩經》的，每句包含一個簡單的句子，變化很少，語言（詞彙）典雅凝重，大都也從《詩經》來。他的五言詩卻是用近乎說話的「田家語」，和樂府詩比較接近些。文字和句的形式就注定了它們的生命與不同的風格。四言詩中有好幾首用了不少《詩經》現成的句子，或略略將形式和意思變動，《答龐參軍》只是將《詩經》的文詞變花樣，抄襲現成句子之多，幾乎使人疑心他是在那裏集句。

「崇高（sublimity）就是優異而說不出完美的辭句（phrase），最偉大的詩人和散文家除用它取得第一流的地位，緊握住永恆的聲譽，再沒有別的方法。」龍磯亞士（Longinus，今譯作朗吉努斯，傳有《論崇高》。——編者註）這一段話，可以作為一個標準，用來衡量作家，或窺測時代文學的升降。我們看看陶淵明吧，他的四言簡直不會創造新的語句、新的意象，只抄襲《詩經》現成的，或稍稍改變它的句子，這是它最嚴重的弱點。那裏面用疊字形容詞異常的多，也從《詩經》裏來。這種形容詞居多是以聲音暗示思想或情調（意義方面的效用比較少，形的關係更不容易見出），它在《詩經》裏，怕是音樂的價值更被看重些。凡洛黎在詩裏這樣說過：「每人的發音與成語的引用，在文字裏發生了許多不可避免的迷離與不定的意義來，因而傳達上便生出許多誤解。」何況着重音樂性抽象的形容詞？誰都引用，雖然在詩裏各有不同的效力，究竟不容易表現出自己特殊的感覺與情思。

為甚麼他不會創造新的語句、新的意象呢？一是由於四言詩傳統空氣的限制，一是襲用《詩經》的句法與語言。這些都絆勒住他的思想在舊的圈子裏轉，難能有新的表現。

這就帶給我們另一個問題，詩句的長短隨着語言的發展，時間不住地流走，人類的情感與思想隨着生活一天天地複雜，語言因之更流利婉轉，詩句就增長了。字句的長短產生兩種不同的效果：一是音韻的，一是意義的。舊詩多半是兩個字構成一個音節，也就構成一個情感的單位。四言詩裏每句恰好是兩個音節，整整齊齊，聲調易流於平板、凝重、單調；每句剛容納兩個詞，形式難有變化，也不容易表現優婉、比較多的意思。詩發展到五言，才達到完美的形式，雖然只多了一個字，聲調就容易委婉變化，可以接受高一點的音樂意境；（聞一多先生《論詩與音樂》說得很好：「四言詩大部份是鼓的音節，五言詩就漸漸由鼓發展到絲竹，由節奏漸漸發展到旋律。」）雖然只多了一個字，句的形式就可以生出許多不同的姿態，意義包含比較多，也容易曲折婉轉。

四言詩到《三百篇》，路程已經走過，雖然還有些人愛那片夕陽，終竟是黃昏了。東漢魏晉是五言詩的時期，這新的形式用來敍事抒情，或是描寫物態，都比較親切詳著，這個時候做四言詩的人已經漸漸少了。[1]

一種內容在不同的形式裏表現出來，不但量有不同，質也有很大的改變。現在有些人寫新詩，意境是西洋詩的，而做舊詩或填起詞來，就完全被舊詩詞的氣氛包圍，頓然對「芳草」「斷腸」了。陶淵明的四言詩居多是接受四言詩裏雅的氣氛，《國風》的影響較少，他一走進這幢古老陰暗的屋子，在年青的五言詩裏發揚着的創造能力彷彿就消沉了，除了《停雲》、《歸鳥》和《時運》，其餘六首意境和文辭都是因襲《詩經》的，缺乏新鮮和力量，尤其是獨創的力量。

昔我云別，倉庚載鳴；
今我過之，霰雪飄零。（《答龐參軍》）

除了把「昔我往矣，楊柳依依；今我來思，雨雪霏霏」重抄一遍，我不知道是否還有別的意義。

《答龐參軍》這樣開始：

> 衡門之下，有琴有書，
> 載彈載詠，爰得我娛。
> 豈無他好？樂是幽居！

只是把《陳風．衡門》的「衡門之下，可以棲遲，泌之洋洋，可以樂飢」略微改裝拉長而已。

他有兩篇《答龐參軍》，一是四言，一是五言，作的年月相去不遠，雖然興會不必相同，不能就拿這兩篇說明他所表現兩種詩體的優劣，將它們對比一下，卻是有意思的事情，約略可以看出這裏面的消息。

可是他並非全然沒有新創的意象呵。「競用新好，以招余情」。五柳先生彷彿忘記了那是樹，也忘記了他和樹的距離，覺得它們在用新的聲音召喚他自己的情感。

這「同物之境」，《詩經》裏固然沒有，魏晉以前其他的作品裏也不容易遇見。「飧勝如歸，聆善若始」，比喻非常新鮮。「逸虬繞雲，奔鯨駭流」，那樣奇譎幽麗就直像《招魂》。特別是「翩翩歸鳥，息我庭柯，斂翮閒止，好聲相和」輕淡地畫出了鳥活動的神態，一片清明的閒情浸潤着他們素樸的靈魂。「有風自南，翼彼新苗」，我們彷彿看見綠苗在南風裏，像鳥兒一樣，欣欣然招動他們的翅膀。比之「微雨從東來，好風與之俱」，絲毫也不弱。好像是自然投在詩人筆下，染着崇高的靈性，熠耀想像的光輝而露出來。後面這兩個例子自然微妙，走進了他五言詩的秘奧。

在四言詩裏，淵明似乎不曾找到他自己特有的韻律（personal and imdividual rhythm）。韻律是內心的音樂，或者說是情感（觀念）自然的波動。瑞洽慈（I. A. Richards）在《生命的控制》裏說：「韻律不是玩弄音節，而且反映作者的人格……詩中動人的音律只是發生於真正被感動的波動中；並且對於韻律的尋理，它比起其他的東西更是一種微妙的索引。」[2]詩人都要尋找、創造新的聲音（new notes）和新的音調（new tunes）。「在詩裏，新的音調表示新的觀念。」大詩人的韻律都是有獨創和個性的，更重要的分別是在音的調子（tone）。李白和杜甫的詩音韻不同，葉芝（Yeats）和梅司斐爾（John Masefield）也各有一種精神在詩裏流露。富有個性的韻律就造成特殊不同的風格。陶淵明的四言詩除了《停雲》、《歸鳥》和《時運》，他的音節還沒有脱離《詩經》，肅穆典重，和《雅》接近，連《國風》都不像。

韻律和它所附屬的文字不能分離，四言詩章節尚凝重，不很適於表現和平沖淡的意境；五言詩尚安恬，淵明的情思在那裏才找到了最好的形式。

自然，他的四言詩也不全是摹寫《三百篇》的節奏，《歸鳥》、《時運》、《停雲》帶來了一種新異的聲音，尤其是《停雲》，那不再是平坦、單調、迫促的節奏，而是清細、婉轉、纏綿、流利，含有魔力的旋律了。每個字都帶着迴環的聲音，像一縷一縷的幽香噴出，就只那片音樂，已夠度給人迷茫悱惻的情調了。就這方面説，他是優婉微妙，超過了淵明大部份的五言詩。

二

若將他的四言詩和五言詩比較，可以看出這兩種詩體的性質和他們所表現出來藝術的高低。

他的四言詩不會造語，這個弱點，使它失去大部份的生命和力量。真也就奇怪，在五言詩裏，他偏最會創造新的語句和意象，這就使他緊緊握住不朽的榮譽。要舉這樣的例子，隨手拈來就是：

伊余懷人，欣德孜孜。
我有旨酒，與汝樂之。
乃陳好言，乃著新詩。
一日不見，如何不思？（《答龐參軍》）

而五言詩：

春秋多佳日，登高賦新詩。
過門更相呼，有酒斟酌之。
農務各自歸，閒暇輒相思。
相思則披衣，言笑無厭時。（《移居》）

同是寫離別的情緒：

嘉遊未斁，誓將離分。
送爾於路，銜觴無欣。
依依舊楚，邈邈西雲。
之子之遠，良話曷聞？（《答龐參軍》）

而五言詩：

游好非久長，一遇盡殷勤。
信宿酬清話，益復知為親。（《與殷晉安別》）
寒氣冒山澤，游雲倏無依。
洲渚四緬邈，風水互乖違。（《於王撫軍座送客》）

從這些例子，誰都可以看出五言詩所表現的詳切著明，充泛新鮮的活力；而四言詩像是有好些意思不曾完全達出，甚或泛泛的近於習套。

一種好的作品都有它自己的精神姿容，正如一朵一朵薔薇各有不同的香澤，各呈露出自己優美的姿態。淵明的四言詩除了《停雲》、《歸鳥》創造出一種新的意境，其餘的就像是陰沉古舊的屋子，沒有一點新鮮的生意。從藝術的觀點看，《時運》實在不高，如「洋洋平陸，乃漱乃濯。邈邈遐景，載欣載矚」，非常拙笨，也太直率。可是，它卻透露出一點新的精神：清和婉轉的音節，和他個性特殊的魔力（personal charm of his character），略略接近他的五言詩。

個性特殊的魔力恰好道着了淵明的五言詩，他在五言詩裏表現出顯明的個性，我們彷彿看見他從荒徑裏緩緩走來，籬邊照耀着幾株菊花，南山淺藍融入胸臆；彷彿看見他坐在東窗下，持着一盞春酒，八荒昏朦，薄寒浸進來，他的手微微戰慄，隱約聽到他的嘆息。在他的四言詩裏卻不甚能發現「任真自得」，不願留下姓氏在人間的那位「五柳先生」。穿起古裝來，學着從前的姿態跳舞，多少會妨礙性情的表現，我對於淵明的四言詩也有這樣的感覺。

他的四言詩不僅不會表現出他的個性，也限制他抒寫某種題材。陶淵明和自然一向是交融在我們的觀念裏，但那是由於他的五言詩，他的四言詩很少寫自然（「田園」的意義太狹窄）。除了我舉過的例子，四言中這類的詩也就沒有甚麼成功的。

花藥分列，林竹翳如。（《時運》）

意象太簡單，表現不出特殊的感覺。

山滌餘靄，宇曖微霄。（《時運》）

若有深遠的含蘊，當然意象不妨朦朧一點，也不一定多刻劃，而「山滌餘靄」只是說山清朗無雲，見不出悠深的意境，也沒有生動的姿態。而他的五言詩：

露凝無游氛，天高肅景澈。
陵嶺聳逸峰，遙瞻皆奇絕。（《和郭主簿》）

晶明的秋氣裏湧出一些山嶺，飄逸神奇！詩情化為霜白的快刀，把活的秋光剪到微黃的書卷上來。「山滌餘靄」，我們還能感覺出一點春暖欲晴的氣象，「宇曖微霄」

就直是曖昧了。其實，也就是「曖曖遠人村，依依墟里煙」那樣的光景（如陶澍所說），那裏面卻像是缺少一點甚麼東西。

詩人不一定有意說教，他卻能敲亮靈魂幽暗的門，說理的詩如其帶着趣味和情感，透過詩人的經驗而表現出來，也能造成智光璀璨的靈境。詩究竟是在教訓人或給人快樂？是一向爭訟不決的問題。其實詩不但包含教訓與娛樂，同時也有感染的力量。理智（思想）和情感在文學裏儘可以並肩發展，並非不能相容的，它們是相依相違，卻又相成。快樂和教訓也不能嚴格劃分，隨着詩情的羽翼，我們飛入奇異、廣大，比現實更美更真的宇宙，在滿足的快樂裏，便也包含啟迪的作用了。但又不僅感動而已，真正偉大的詩，讀過之後，必發生一種「永久的變化」，如瑞洽慈所說的，「我們易於感應的每個人，對於各種刺激之集合有如何適合（好的或壞的）之可能性之變化。」[3]自然，有力量能使人發生這樣深刻變化的詩確乎太少了。

現在讓我們回到陶淵明的詩吧，我想借《榮木》作為個例子，來解釋他四言詩和五言詩詩中說理的問題。「詩像一張有翅膀的琴」，他可以借意境與音樂的兩翼帶着人（不知不覺的）飛升。如其說理，它就將思想點化成感覺，變幻為境界，使讀者自然而然被它的美所吸引、攝住，凝神靜慮，終於忘掉了它的美，忘掉了它的用心，忘掉了自己，是一個「神聖的夢」。赫伯爾（Friedrich Hebbel，德國詩人和劇作家。——編者註）說一句微妙的話：「詩人猶如牧師，喝的是神聖的血，而全世界都感着神的存在。」[4]恰正可移來解釋這個觀念。

《榮木》，我不能不說它是一首壞詩，陶淵明的心靈是各種思想與錯綜複雜情感的大匯流（當然也不只他如此）。憂勤自任的思想興起時，受玄言詩和《詩經》格調、空氣的支配，就擴大了，別方面的性質因而隱沒。自然，詩可以只是一剎那的情思或感覺，不一定表現全部人格，我的意思是說明他這種思想是真實的，不過他的表現受了限制，不免「平典似道德論」而已。

首先用《榮木》比喻人生的短促，沒有甚麼生動的力量，末尾像是死命在那裏掙扎，卻更顯出空虛的軟弱，中間就堆砌一串一串粗糙抽象的觀念。

貞脆由人，禍福無門。
匪道曷依？匪善奚敦？（其二）

先師遺訓，余豈之墜？
四十無聞，斯不足畏！（其四）

文字後面沒有情感和趣味的波動，也不曾透過感覺，用美的形象呈露出來，它只是一串一串粗糙的觀念。

他在四言詩中說理的嘗試是異常失敗的。裏面搖曳着玄言詩的陰影。這不是他的才能不夠，而是這種詩體的語言形式和傳統的空氣限制了他的才能。他的哲理在五言詩才得到充分完美的表現。

陶淵明幽默的天才在中國詩人裏是發展最早而且最高的一個。幽默要是真理的孩子，由善的崇高的心所包含的智慧與快樂結合而產生的，他的五言詩就有這樣優美的品質，你讀着的時候，心裏自然而然流露出微笑，輕鬆而嚴肅。這種幽默的趣味在他以前的詩裏是極少遇見的，在他自己莊重嚴肅的四言詩裏也收斂起它的蹤跡。

悠悠我祖，爰自陶唐。
邈為虞賓，歷世重光。

御龍勤夏，豕韋翼商。
穆穆司徒，厥族以昌。

《命子》頭五章都用這樣深奧的字眼，聲調艱澀。那種「典重肅穆」的姿態是有意追摹《大雅》。這實在就是四言詩的「常格」，淵明的四言詩就接受這樣一種氣氛。「肅矣我祖」是個轉捩點，像是大祭完華，安步跨出廟堂，這才喘過一口氣，覺得遍身輕鬆了一點。

厲夜生子，遽而求火。[5]
凡百有心，奚特於我。
既見其生，實欲其可。
人亦有言，斯情無假。

開始是那樣嚴肅，幾乎窒死心跳，到這裏忽然破顏跟兒子開起玩笑來，使這裏面空氣顯得異常不調和。怕他首先原沒有那麼嚴肅的教訓，而是受了《大雅》的影響，才不由不擺出「雅穆」的神態來。可是真的性情雖然隱沒，它還會露面的，而這輕鬆戲謔的情調在這裏面就顯得奇怪得不和諧。他的四言詩居多接受《雅》的氣氛，而《雅》是「典重肅穆」的，最不適於表現幽默的情趣。如果將這篇和他的五言詩《責子》比較，就可以看出，在四言詩裏，他詼諧慈祥的個性幾乎完全消失於「安雅」的氛圍，偶然流露，就破壞了詩的統一。

三

我幾次提到《時運》。自然，這不是甚麼好詩，不過，除了《停雲》和《歸鳥》，這還算比較好的了。而像

稱心而言，人亦易足。
揮茲一觴，陶然自樂。

我們感覺它直率僵硬，哪裏有點新活力？

《酬丁柴桑》單調直率，稀薄的情感浮在平泛的語言上，句法意境都沒有新的表現。《贈長沙公》是不得已應酬之作，真替他擔心這樣牽強的話太不容易說下去。《勸農》就是《懷古田舍》所說的「秉耒歡時務，解顏勸農人」。不過，仍舊承受《雅》與玄言詩的影響，笑顏因而掩去了大半。

九首詩中最好的當然要推《停雲》和《歸鳥》。《停雲》使我想起徐幹的「浮雲何洋洋，願因通我詞，逍遙不可寄，徙倚徒相思」，而延佇的雲是新的象徵。

情感像微雲流過柔藍的天空，要追摹它的跡象，就如在月光下搜尋瀑布映在石壁上清微的影子，用文字把那個影子描下來，（文字是多麼殘缺的符號！）保留的已極有限，讀者的經驗興趣和詩人不盡相同，於是詩一部份歪曲，一部份湮滅，一部份不自覺地擴大，真正詩人的情緒讀者所能共感的，不就像幾縷夢的游絲了麼？因此詩特別講暗示，重言外的神韻，不專求表現，而在使讀者就有限的文字填滿無窮的虛白。詩像是一縷微微的風，在你心上輕輕一扇，便生起粼粼的綠波，使你感覺天地全染滿了春色。比興和象徵的作用也就把情思的暈圍擴大到無限，用微弱的文字達到無言的境域。

《停雲》，如說是用比興，那它是渾融到一點不見痕跡。每一章它都用情調相合或相反的景物，與自己的心情「對照」、「烘托」，因而加強了詩情的色調和濃度。《停雲》在四言詩的世界裏，構築起一座新的異境，和它以前任何作品比較，它一點不愧是最微妙、最完美，以後就再沒有人繼起。特別是它和平淵靜的旋律達到高遠的絕境，以前的四言詩是否曾產生過這樣神異的音樂，我還不曾發現；在其後的四言詩裏它簡直成了高山絕響。

詩裏面每一個字都帶着迴盪的聲音，造成一種迴盪的旋律，每一字，每一句都在那裏迴旋、閃動，環繞着朦朧的情致，隱約地露出一點清暉。這旋律大都建築在「勻稱」和「重疊」上，每一章裏你都聽到一種和美的聲音低徊、反覆。特別是頭兩章前面四句只略微將文字顛倒改變，就造成一種回聲的韻律（echoing rhythm）。加上「靄靄」、「濛濛」、「雲」、「昏」……這些朦朧低沉字音的繚繞、反覆，因而升起一種氣氛，蘊涵着迷濛的雲水煙靄。

若就詩的結構看，他是一卷一卷迴旋的波浪，頭兩章文字改變不多，後兩章改變雖然多一點，用意和文字的安排依然沒有兩樣，而字眼和意象經過重新組合，便帶了新的關係，新的意義，產生了新的效力。每一章都是新的開始，像一朵浪花催促一朵浪花，細粼粼地捲到遠處去。音調邈綿，像低緩的古琴在那裏㛹娜，溫柔的情感便隨着低徊、蕩漾。

詩裏描出一幅圖畫：就在東軒裏（你在窗子外面就望得見），一個白髮的老詩人悠然地舉起杯來，忽又來放下，搔頭望着遠方。

這首詩的設境湊巧恰像《鄭風》的《風雨》：

> 風雨淒淒，雞鳴喈喈。
> 既見君子，云胡不夷？

《風雨》每章僅僅改換幾個字，節奏是單調的，意義也太簡單，它還要借助音樂，才能恰當地產生動人的效果，也就是說，它還不能脫離音樂自成優良的文學作品，《停雲》僅僅文字的意義就已達到高遠的意境。

《停雲》頭兩章沒有高亢的音節，沒有強烈的意象，真超詣入極高的和諧靜美。在那恍惚如夢的音樂裏，你心裏蒙着一味迷迷茫茫的感覺不是？到了東園之樹，枝條載榮。
競用新好，以招余情。

溫暖的清暉落在綠枝和花上微微閃爍。「八表同昏，平陸成江」，隱含對於亂離的悲感。而「競用新好，以招余情」，是詩人忘掉自己，精神和自然交融的境界。並不像批評的人所說，這裏面包含甚麼諷刺。——論詩而忘掉詩人的心靈，或過份拘泥尋求他的用心，都永遠接觸不到詩的真諦。

翩翩飛鳥，息我庭柯。
斂翮閒止，好聲相和。
豈無他人？念子實多。
願言不獲，抱恨如何？

音節轉到盈盈靈動，天空飄下幾隻飛鳥，落在庭樹上唱和，牠們度給淵明深摯的情感，就像是「眾鳥欣有託，吾亦愛吾廬」。

《歸鳥》是詩人自己的象徵。用「鳥」作比喻，也許受了《莊子·逍遙遊》的暗示，《莊子》裏乘風壯飛的大鵬和淵明放逸那方面的性格恰好相應，也正因為如此，所以他不忘淑世，而終能超世。《歸鳥》使我們聯想起屈原：《橘頌》是他少年時候理想的象徵，橘樹軒昂，獨立明媚的南國；《歸鳥》就是淵明的化身，幽姿俊影，獨往獨來。

《歸鳥》也許是受了《離騷》的暗示，它們有不少契合的地方：豈特佈局設境，就連措辭也太相近了。象徵的方法是從屈原才大量而且極圓熟地使用，以前不容易見到，其後用的人不多，因為採取這種手法，而聯想起屈原，是太自然不過的。淵明常回到古代尋找他的同調，由於性情和處境有共通之點，在「僶俛辭世」的時候，感到古代曾經籠在跟自己相似命運裏的人，因而聯想起他的作品，更是非常近情理。何況淵明的五言詩裏有屈原影響，四言詩也可尋出一些蹤跡？如果將《離騷》和《歸鳥》對比，淵明的性格與《歸鳥》的價值更可以看得清楚些。

《歸鳥》含有淵明博大的愛和同情，崇高的意志想使昏暗的世界有個好轉，他不斷地苦惱、奮鬥、掙扎，在對於當前景況深澈覺悟之後，歸終走上養性全真的幽徑，而他對於這個世界是夷猶、躊躇、依戀，一步一回頭，《歸鳥》純粹運用象徵的方法。詩境那樣深遠，詩意那樣綿密，詩意那樣玄妙，在四言詩裏從前不會見，以後再沒有繼起。

《歸鳥》也就寫出了淵明的一生。從那裏面我們可以尋繹出他情思的真諦，和行為轉變的絲跡。若用一句話解釋這篇詩意，不妨說，「僶俛辭世」。

每章都用「翼翼歸鳥」開始，這不僅染濃了詩的情調，也留下了歸鳥遲遲飛颺的形象。

《歸鳥》裏象徵的意義從淵明其他的作品都可以尋出映照，也就可以互相解釋，而真義更容易顯出。[6]《歸鳥》雖然短，卻包含《離騷》深遠宏偉的意境。「晨去於林，遠之八表」，猶如屈原上天漫地周流。「和風弗洽」，就像是屈原遇讒見疏。《歸去來辭·序》謂，「悵然慷慨，深愧平生之志」，可以移來説明這裏所謂「翻翮求心」。

雖不懷游，見林情依。
遇雲頡頏，相鳴而歸。

彷彿《離騷》：

忽反顧以游目兮，將往觀乎四方。
悔相道之不察兮，延佇乎吾將反。

溫汝能說得非常恰當：「全篇語言之妙，往往累言說不出處，而數字回翔略盡，有一種清和婉約之氣在筆墨外。」所以它能用這樣短小的形式，表現這樣深遠複雜的意境，要想用語言解釋它，幾乎不可能。就如：

遐路誠悠，性愛無遺。

包含多少說不出也說不盡的意思？就像是：

閨中既以邃遠兮，哲王又不寤。
時曖曖其將罷兮，結幽蘭而延佇。

到了林子，再沒有希望，他還是在「徘徊」，絕望中得到些微安慰，往往感激流下淚來，在這樣的喜悅裏，他說：

豈思天路，欣及舊棲。

「涵茹到人所不能涵茹為大，曲折到人所不能曲折為深。」（《藝概》）劉熙載這兩句話移來解釋這個深婉窈渺的境界，或者可以得其彷彿。《離騷》也有這樣的辭句，一樣的沉痛。

何所獨無芳草兮，爾何懷乎故宇？

兩個詩人在命運裏如何掙扎，如何處理他們自己呢？陶淵明雖然沒有同調，還能夠諧合眾聲，在日暮清爽的空氣裏悠然自得。屈原的態度就更為決絕，只有嘆息：「既莫足與為美政兮，吾將從彭咸之所居。」於是走上死的白路。

註釋

1 參看《詩品．序》。

2 見他的 *Science and Poetry*。

3 同上。

4 Ludwig Lewison 編 *A Modern Book of Criticism*。

5 李註《莊子．天下篇》：「厲之人半夜生其子，遽取火而視之，汲汲然惟恐其似己也。」

6 「晨去於林，遠之八表。」——我們想起年青時候的淵明：「少時壯且厲，撫劍獨行遊。」「猛志逸四海，騫翮思遠翥。」

二三兩章——「僶俛辭世。」

「景庇清蔭」——猶如「浮雲蔽白日」，「路幽昧以險隘」。

「日夕氣清，悠然其懷。」——歸田後恬靜的生活，最好和他恬澹清遠的詩對照看。

「遊不曠林，宿則森標。晨風清興，好音時交。」——是高潔人格的象徵，彷彿《離騷》：「朝飲木蘭之墜露兮，夕餐秋菊之落英。」「飲余馬於蘭皋兮，馳椒丘且焉止息。」

「矰繳奚施？已倦安勞？」——「賢者避其世。」「性剛才拙，與時多忤。自量為己，必貽俗患，僶俛辭世。」

陶淵明五言詩的藝術

一

鍾嶸說陶淵明的詩「質直」，像是「田家語」，其後直到宋朝，還有人嫌他沒有文采。這是陶詩裏比較重要的一個問題，似乎用得着一點說明。詩不盡是「情感自然的洋溢」，它必須經過藝術的鎔裁；正如西密拉（Simylus）所說：「自然（nature）沒有藝術，或是藝術不與自然結合，無論對於誰，想要求任何的成功都是不夠的。當這兩者遇合在一起，它仍舊需要加上運用與方法、工作的愛好及練習，一種適宜的機會、時間和能了解所說及的判斷（批評）。」[1]詩人的本質並不只是由於他具有那種情感和思想，而他特殊的表現能力同樣重要，甚或是更重要的。這就走進了形式跟內容的問題。對於任何成功的藝術品，內容好而沒有精美的形式，或只有精美的形式，而缺乏崇高的內容，都是不夠的，兩者必須恰當地配合，而得到高度的發展。但又不僅調合而已，它們是交融在一起。白諾德（Arnold Bennett）說得很對：「風格（style）跟內容是不能割分的，當一個作家表達一種觀念（idea），他就是表達一種字句的形式。字句的形式造成他的風格，而它是絕對被思想駕馭的。」[2]怎樣才是恰當的調和？卻不容易有標準的尺度，時代風尚和個人的性好都難免沒有偏欹。

得，話又落到陶淵明的詩了，陽休之、陳后山或說他「辭采未優」，或說他「不文」，他們只是看到他字面的意義、色彩和辭句的雕飾，忘了這些文字在詩裏產生的「意境」（自然包括內容的效果）。這種批評不相干，我們倒要探尋陶詩語言的特色，他為甚麼用這種語言？

有人說淵明的詩不是六朝的詩，我們卻正要回到他那個時代去找根源。太康以來的詩人盡量敷砌詞華，追求駢儷，真如劉彥和所說：「采縟於正始，力柔於建安，或析文以為妙，或流靡以自妍」。當時的詩就因為這樣，真的思想和情感被扼死，一點生機也微弱得可憐了。由繁縟回到素樸，由矯飾回到自然，由浮靡回到清真，到了盡處，轉過頭來，原是極自然的趨勢。陶淵明的詩就是這樣一個轉變中的結晶。

他的詩語言簡單凝練，挹取了樂府詩的明白生動，稍稍和口語相接近。姜白石說它「散而莊」，這個「散」字實在捉住了陶詩的精魂。他是從過份雕琢駢儷的辭句和結構，轉而用比較接近散文的組織寫詩，以語言自然的節奏為基調（不管他有意或無意）。他選擇簡單的文字（意思卻不簡單），安排在比較自然的次序裏，不多排偶，這樣就形成了他「平淡」的風格。那樣自然，就如湖水裏迸出的荷花一一在風中飄舉，它們是怎樣來的呢？尋不出足跡。然而他豈只是「平淡」而已，巧妙的安排，精意潛在字句下面運行，真是奇奧精拔，隱約變化。可是，這件素樸的衣裳它的內美是不容易看出的，似乎是直到東坡才發現它：「質而實綺，癯而實腴」（《與蘇轍書》）。

一種詩體原有它自己的特質，經過時間較久，詩人將它烘染上特殊的情調，於是就造成一種空氣，有的內容比較適宜用它來表現，有的就不甚適合。淵明的詩大都是用五言寫的，五言詩尚安恬，宜質樸，適於表現平淡真摯和親切的情思（比四言為流動，比七言易含蓄）。這樣就跟他詩的意境完全契合了。

一個偉大的作家都是將過去的傳統經過自己改造，重新綜合，才取來作為自己的滋養。陶淵明的五言詩似乎不會從《詩經》裏取得甚麼，《楚辭》他主要的怕是從那裏接受了一點氣氛或情韻，從樂府詩就在明白生動一方面，也汲取了它一部份的技巧。他的泉源是在建安的詩，和古詩十九首（建安詩人大量製作樂府，淵明詩裏樂府詩的影響一部份也由它們傳來），更重要的是曹子建和阮籍。

接受別人的影響，詩人自己或有意或無意，甚或是完全不自覺的，有時它潛在最深處，簡直不容易發覺，而它卻確實存在。像是從前旅行過，就說西湖吧，一片遠山凝翠和水的明藍浸在記憶裏，有時它們會悄悄地將輕微的顏色投映到詩裏來，雖然你不容易感覺出。我只想在淵明詩裏，搜尋一點他和過去詩人感通的跡象，這跡象只是我的心靈在他的作品裏漫遊時偶然發覺的一點清影，原不能拘泥看的，斷然無意追蹤淵博的學者，一口咬定它的出處、來歷。

陶淵明從《楚辭》接受的情調，特別在他和阮籍相近的那些詩隱約可以看出（阮籍想像豐富，辭采幽麗，主要的是從屈原來）。這就說得太遠了，玄虛迷離，只能感覺，不容易說明。

可是，也並非全沒有比較顯然的痕跡可尋。《飲酒》「清晨開叩門」那首詩，我常是聯想起《漁父》。這兩篇命意天然就相同：一借漁父發抒棄世自沉的隱衷；一借田父說明自己不能出去做官的決心。《漁父》首先佈置一場小景：「屈原既放，遊於江潭。行吟澤畔，顏色憔悴，形容枯槁。」《飲酒》也用一幕小景開場：「清晨聞叩門，倒裳往自開。」不同處只是一用第三人稱，一用第一人稱；淵明穿插了一點鄉下的人情，「田父有好懷，壺漿遠見候」。以下沒有描寫，全是對話：《漁父》兩問兩答，非常顯明；《飲酒》兩問一答（省去了田父回答的話），不曾點明說話的人。不同處卻正見出相同：屈原回答漁夫「何故至於斯」那一段話，恰恰相當《飲酒》「疑我與時乖」，不過後者化成敍述而已。而前者結尾漁父唱着《滄浪歌》，打槳而去，這一景是《飲酒》沒有的，為了對照，更不同得有意思。這又是設境與安排的相似了。

對話本身也給我們十分契合的對照：「一世皆尚同，願君汩其泥」，不就是「世人皆濁，何不掘其泥而揚其波？眾人皆醉，何不餔其糟而歠其醨」？「深感父老言，稟氣寡所諧。紆轡誠可學，違己詎非迷？」不就是「安能以身之察察，受物之汶汶者乎？安能以皓皓之白，而蒙世俗之塵埃乎」？而「寧赴湘流，葬於江魚腹中」，詞氣悲婉；淵明就非常斬絕：「且共歡此飲，吾駕不可回！」也許田父氣折，不再說話，自然用不着漁父歌滄浪那樣的結尾了。

古詩十九首影響後世之大，恰如它短小的篇幅成個相反的對照。大約一由於它是五言詩中很早的，一是它可以代表兩漢五言古詩最高的成就。組織和聲調就洩漏出風格的秘密，若從句法着手，研究古詩十九首對於淵明詩的影響，必然可能有不少的發現。這樣的句子並不難找：「往燕無遺影，來雁有餘聲」，宛然就是古詩十九首「秋蟬鳴樹間，玄鳥逝安逝」；「榮榮窗下蘭，密密堂前柳」，跟「青青河畔草，鬱鬱園中柳」，是一種結構；「世短意常多，斯人樂久生」，就像是鎔鑄「生年不滿百，常懷千歲憂」兩句的意思。

如果就神情與態度着眼，也可以發現它們中間的關係：《飲酒》「棲棲失群鳥」和古詩十九首「冉冉孤生竹」、「西北有高樓」相近，《擬古》「仲春遘時雨」、「迢迢百尺樓」和古詩十九首的情韻太酷肖了。這就或者說得太遠了，迷離恍惚，不容易抓得住，不妨舉出個實例來。《歸園田居》「種豆南山下」和古詩「涉江採芙蓉」不但句的形式相似，就節奏也太像了，命意設境彷彿是淵明有意模擬。先都點染一片清靈的背景：古詩「涉江採芙蓉，蘭澤多芳草」，淵明一樣地利用了這種手法，「種豆南山下，草盛豆苗稀」。隨着寫動態：「晨興理荒穢，帶月荷鋤歸」，靜觀凝思，一步一步從長滿草木的小路走來，上句只是烘托「帶月荷鋤歸」的景況；「採之欲遺誰，所思在遠道」，則是繾綣纏綿的情意，下句只是描寫他的內心，而動態在「採之欲遺誰」見出。隨後兩篇同樣是抒發詩人的感慨。說也奇怪，這兩首長短也竟相同，不多不少；恰正是八句。那麼淵明是否一定受了它的影響呢？從形式和手法看，他可能是從那裏得到了一點暗示。

中國詩一向稍偏向抒情的路發展，成績最好的也是抒情詩，敘事詩不發達。「對話」和敘事是有密切關係的，敘事大都少不了對話，抒情詩就往往只是作者一點感觸，一種情調，或者說是「心靈的獨白」。唐以後的抒情詩就不很容易看見對話了。而樂府詩常是包含故事。用對話帶着事實發展，後來的詩用對話大都受了它的影響。雖然周秦諸子常用問答寫故事，《離騷》和比較古的詩常有對話，漢賦也有設難，而在這方面影響後來的詩最直接的怕還是樂府詩。淵明詩裏有比較長的對白，或是簡短的上句問，下句答（如「問君何能爾？心遠地自偏」）。這多少受了樂府詩的影響。

淵明有襲用樂府詩句的[3]，也有整篇可看出樂府詩的影響的。《歸園田居》「久去山澤遊」和古詩「十五從軍征」，同是用對話鋪排，佈局、命意更是出奇的相似。淵明雖然不一定有意模擬，大約是受了它的暗示。

淵明的五言詩從曹子建學得不太少，這不重在說模擬他那幾篇，那些句，而在從他接受一種情韻和表現的方法。這樣高的影響，就只是一種精神浸入詩的深處，不能只在一篇一句裏找它的跡象了。

淵明的《擬古》，從表現說，真是「擬古」，不過寫的是自己欲吐難舒的深情。這裏面有好幾篇顯然是受了曹子建《雜詩》的影響：「迢迢百尺樓」似用《雜詩》「飛觀百餘尺」的境，不過子建是壯懷慷慨，淵明則將詩意推遠一層。《擬古》（和《飲酒》一樣）充泛着憤切不安定的情緒，淵明在這首詩裏愈是要做曠達，愈是悲慨淋漓。「辭家夙嚴駕」，顯然就是擬《雜詩》「僕夫早嚴駕」，它一個個字在淒迷的微霧裏熾燃着悲憤。模擬的痕跡更明白的是「日暮天無雲」，誰把它和《雜詩》「南國有佳人」這兩篇一眼看過去，都會發覺它們命意結構和措辭都太酷肖了。

淵明《雜詩》裏阮籍的影響不容易見出，而《飲酒》我卻常將它和嗣宗的《詠懷》聯繫在一起。從處境說，淵明和阮籍是繫在同一命運裏，《雜詩》和《詠懷》用心也就太多相同處，《飲酒》確乎是受了不少阮籍的影響：用典故穿綰，借比興象徵，或是寓言渲染成恍惚迷離的情調。這是處理空氣的手法相同處。而這種手法在淵明的詩（除了《擬古》和《飲酒》）是極少遇見的，恰正成了一個非常有意義的對照。

若細細比較，又會發覺《飲酒》的句法、用事和設境與《詠懷》都太酷似了。《擬古》一部份學古詩十九首，一部份學曹子建，一部份學阮籍。「迢迢百尺樓」和《詠懷》「登高望四野」非常相似；「日暮天無雲」像是從《詠懷》「西方有佳人」取得一點靈感和情韻。

二

陶淵明將詩的題材伸展到自然，實在是開創了一種新的文學。就形式說，也是新的。就講節奏吧，它是以語言自然的節奏做基調，雖然也有不少是詩的特殊的組織，和當時過份雕飾、駢儷、不自然的詩正是個好對比。較為自然的節奏可並不妨礙他產生和諧的音樂，他有幾篇簡直是迴盪流動的旋律。隨着他新的題材和詩的特殊的語言，帶來了新的韻律。愛略忒（T. S. Eliot，今譯作艾略特，英美現代派大詩人。——編者註）說得好：「誰尋得了新的音律，他就是擴張、精美了我們的感覺；那不僅是技巧的關係。」而淵明又不僅是新的音律而已，他詩裏有種特殊的聲音，成為新的個人的韻律（new personal rhythm），如果用柏蒲（Alexander Pope，今譯作蒲伯，英國古典主義大詩人。——編者註）的話，可以說是「聲音的風格」（style of sound）。

淵明用比較接近說話的語言，清而不太重，淡而不太穠，真摯而不浮飾，跟他詩的內容剛剛諧合。除為了製造空氣，或借古事抒懷（如《飲酒》、《擬古》），他極少用典，——當然也由於他那種新詩過去很少恰好表現它的典故。他的詩排偶也是極少的，尤其抒寫田園情趣的那些詩，是更為自然的（從前的人稱他「平淡」，大約是指這類的詩），無論字句或組織，它未嘗不精練，卻都磨光到透明，見不出痕跡。山谷說得也對，「不煩繩削而自合」。

不見痕跡，究竟不是沒有痕跡，若從句法着手，研究他如何表現這種新的意境，一定可以發現不少的奧秘。他往往用直覺頓然捕捉住最微妙的情感，「空庭多落葉，慨然知已秋」，給你的神經通一閃黃花，誰能不警覺？而終於是一縷嘆息壓你心上，化為輕煙似的惆悵，像這樣高的境，我們除驚異於他神秘的力量，真也就只好嘆息「無跡可尋」了。而細細尋繹，也就還有話可說，也許正有話要說了。「目倦川途異，心念山澤居」，掘發了遠遊人最深沉的情感。他研磨詩意化為最明銳的感覺，刺進人心靈深處（特別是「倦」「異」兩個字相摩相蕩，見出堅凝的力），正如「計日望舊居」托出歸人望鄉迫切的心情一樣。他常善用了不相同的境對照，使詩意更鮮明深邃。例如「世短意常多，斯人善久生」，「情通萬里外，形跡滯江山」，而「豈忘游心目，關河不可逾」，意思委婉、曲折，跌宕更見姿態，更顯出力量。杜工部詩裏也有這種句法，如同「反畏消息來，寸心復何有」。句子的形式也就靈巧變化，有時兩句包含一個意思，其間微微轉折，「所以貴我身，豈不在一生」？柔韌中見出力量來。有時意思一層一層遞進，螺旋似地鑽進人心裏。「民生鮮長在，矧伊愁苦纏」，這種句法到李商隱就更巧妙地發生變幻了：「此情可待成追憶，只是當時已惘然」；「春心莫共花爭發，一寸相思一寸灰」。

淵明詩新的意境一面也建築在他的思想上。他所表現的哲理比以前的詩人都多，思想浸進詩裏，漸漸如情感一起發展，淵明的詩正隱約說明了這個新趨勢。他說理的詩你大都感到寧靜的哲學的美，歌德這句話可以借來作為很好的說明：「詩人需要一切的哲學，但在作品裏，就必須避開它。」淵明的哲學是經過他生活熔冶出來，化為純淨的光輝，而後映射在他的詩裏。「嘯傲東軒下，聊復得此生」，樂天安命的哲理融化在恬淡的情趣裏，你但領略他那微澀的甜味，不會想起那裏面放了蜜。「客養千金軀，臨化消其寶」，玄機透過他優美而滿載着思想的心，染着了情感，形象化而訴於智慧與想像，這裏面的隱喻也就蘊含深長的趣味。山水是表現老莊意境最好的形象世界，「採菊東籬下，悠然見南山」，就是最為宋人稱賞的這樣的名句，他的思想構成神奇的境界，使人驚異而低徊在那裏面。「結廬在人境，而無車馬喧。問君何能爾？心遠地自偏。」王荊公極其讚嘆，說是「自詩人以來無此句」，其實這裏面也就是從《莊子》借來的思想。他有時是詼諧地含笑給你講道理，你卻忘記了他是在講道理，覺得非常有趣。《擬輓歌辭》的思想其實就是「縱浪大化中，不喜亦不懼。應盡便須盡，無復獨多慮」。在那裏面我們並不感到死的恐怖，而愛他的和平靜美，欣賞淵明在死神霜一樣的懷抱裏自在笑傲的情態：「有生必有死，早死非命促。」「在昔無酒飲，今旦湛空觴。春醪生蜉蟻，何時復能嘗？」

不錯，淵明的哲理詩是他生活映射出來寧靜的光輝，這一句話也就說明了他所有的詩。誰都知道他是第一個寫田園情趣的人，可是，怕很少人明白，詩到他手裏，才是更廣泛地將日常生活詩化。這句話似乎平凡得有點怪，詩當然表現生活，可是，淵明以前的詩人就不甚多寫個人日常生活。甚麼地方沒有詩呢？這句話是不錯的，而它隱在幽深處，要詩人才會發覺它，顯現它。平常的生活化成了詩，我們就感覺它更豐富，更充實。淵明用高尚、平實，而且真率的態度將生活呈現在詩裏，青松、雞、狗、黃昏的鋤頭，一觸到他的筆，便都染着了高貴的靈性和情感。他就從日常瑣細的生活，鮮明地顯露出自己的個性。

個性如何在文學裏漸漸顯出，細細搜尋是一個有趣的奇蹟。《三百篇》裏我們不容易接觸到詩人自己；屈原太高了，彷彿要仰起頭，才望得着；建安的詩似乎不甚能辨識出作者的個性；太康的作者性情又多被詞華淹沒。就是阮嗣宗吧，他雖然恰好說明了魏晉文學的新趨勢：由現實趨向浪漫神秘，個人從社會幽暗處解脫出來，漸進於「自我表現」。而他的詩意旨淵遠，和我們像是隔着一層虹色的細霧。直到陶淵明才和我們相當親切，雖然他太皎潔的光輝照耀得我們的眼睛有點花。中國詩人到陶淵明個性才漸漸顯露，這個奇蹟微妙地說明了：「文學的經驗的中心從人類移至個人，從抽象的道德的世界移至熱情激動的靈魂。」[4]

陶淵明因真率坦白的態度而顯露出個性特殊的魔力，是他惹人愛的地方。若追尋他詩裏面的趣味，還有好些特殊不同處：我們已經提到過他幽默的天才，這使他的詩格外親切嫵媚。朱光潛《詩論》裏的這段話，可以作為很好的說明：「豁達者從悲劇中參透人生世相，他的詼諧出於至性真情，所以表面滑稽，骨子裏沉痛。……

豁達者超世而不忘淑世，他對於人生悲憫多於憤嫉……中國詩人中陶潛和杜甫是於悲劇中見詼諧者。」淵明在田園裏精神得到清明、安定，哀愁可不會絕了緣，他常用詼諧排遣它們，這深沉的微笑，是歡欣，是哀愁，也輕鬆，也嚴肅。

他那些淡遠閒適的詩，儼如一片清暉，朗靜明徹，是「如將白雲，清風與歸」的風致。有人說得很對，他「能以光風霽月之懷，寫沖淡閒遠之致」，他的詩將我們從現實生活裏舉起，升入崇高清麗的異境。它卻不只是輕聲安流，你常常可以在「清風徐來，水波不興」之外，遇見一些回湍倒影，心隨着他極度熱烈的情緒，奔馳在激動的快感裏。「淵明詩有『理趣』」，他的思想所反映出奇特玄妙的詩意，的確能給人驚奇和趣味，又不僅是教訓而已。

在淵明詩裏找愛情是不容易發現的，如果有，那就是《閒情賦》和「日暮天無雲」。有不少中國古代的詩人，他們心裏的愛情（由於禮法、習慣和婚姻制度）像是壓縮成了一種平凡、實際的生活，雖然不會完全壓死，也就不容易產生崇高純潔的情詩了。至於陶淵明，這種情感也許轉移為音樂、自然的愛好和事業的熱忱，經過淨化，昇華為詩了。而它就全然泯滅了麼？也不，它有時會從幽暗的下意識裏竄出來，也許詩人不自覺，也許他怕人發覺而拼命掩飾（《閒情賦》），也許是真的寄託（「日暮天無雲」），卻難說一定不曾悄悄混入了愛的意識，鼓舞他創作時的心。

三

向來將陶淵明和謝靈運相提並論，也許由於山水這段因緣，可是他們實在走着太不相同的路呵。就態度說吧，淵明筆下生出的風景是他心靈或意境的象徵，謝靈運就以寫實的態度精心刻繪。往深處看，淵明詩裏一株樹、一片山都染着他情感的顏色，耀着崇高的靈性與品格；謝靈運的詩裏是沒有甚麼情感的，因而他筆下的山水缺乏生命和高遠的意境。這又是表現高低之不同了。靈運雕刻駢儷太重，雖然不是沒有深俊的詩意，但不免有凝滯的感覺。到謝玄暉，詩是能夠流動了，但他和康樂一樣，只有佳句，很不容易尋出完美的詩篇。鍾嶸說他「意銳才弱」，這批評是很恰當的，「一章之內，自有玉石，然奇章秀句往往遒勁，善自發詩端，而末篇多躓。」若站在「調和」與「完美」的觀點，淵明是遠超過了玄暉和康樂。

無論是自然或田園生活，在淵明詩裏你只接觸到一種意境、情趣，或者說是空氣（想像和情感暈成的奇景），看不出各部份細緻的形象，可是，他準確的感覺卻從生活和自然捕捉住最真實的景象，而進於高邈的締造。「清氣澄餘滓，杳然天界高」，「微雨洗高林，清飇矯雲翮」，這裏面是極高、極細微的感覺。

他詩裏也有稱田家氣象，詠涵豐美的「真趣」：

野外罕人事，窮巷寡輪鞅。
白日掩荊扉，虛室絕塵想。
時復墟曲中，披草共來往。
相見無雜言，但道桑麻長。
桑麻日已長，我土日已廣。
常恐霜霰至，零落同草莽。（《歸園田居》）

「時復墟曲中，披草共來往。相見無雜言，但道桑麻長。」不是田野裏的人，無從領會；沒有真確感覺的人，體驗不到；要不是這樣真樸的形式，哪能表現得出？這就不僅是「意境」「空氣」而已。

范石湖的田園詩裏最富於這種「真趣」，比較參看，更能顯出淵明詩的價值。

蝴蝶雙雙入菜花，日長無客到田家。
雞飛過籬犬吠竇，知有行商來賣茶。
梅子黃時杏子肥，麥花雪白菜花稀。
日長籬落無人過，惟有蜻蜓蛺蝶飛。
晝出耘田夜績麻，村莊兒女各當家。
兒童未解供耕織，也傍桑陰學種瓜。（《四時田園雜興》三首）

詩人的彩筆隨它所觸着的情境幻化為適宜的聲色，陶淵明寫田園，居多是用清淡的筆，不甚渲染，然而他有你意想不到的綺麗。

日暮天無雲，春風扇微和。
佳人美良夜，達旦酣且歌。
歌竟長嘆息，持此感人多。
皎皎雲間月，灼灼葉中華。
豈無一時好，不久當奈何？（《擬古》）

這是怎樣的一種聲音！你唸的時候，有點喘不過氣來不是？儼如三月的微風透過紅杏林吹來的，含着潮潤的芳馥，陽光溫煦。這富麗迴環的聲音像陣陣花香噴出，由於有機的韻律（organic rhythm），融為一片和諧的妙樂，每一個字（彷彿已成流質）都顫動着，宛然瀲灩發光的珍珠，即使完全不懂得詩的意思，只要聽一遍，也不難想像一個在良夜裏酣歌達旦的美人。這首詩最大的成功在它的聲音。「日暮天無雲，春扇風微和」，黃昏明媚像一朵玫瑰，春波金色的鬈髮顫動着，傾聽佳人悸顫於良夜的妙音。「皎皎雲間月，灼灼葉中華」（比興的運用已經圓活多了，它是融和在詩裏，不像《詩經》都放在每章的發端。首先是由春天起興，就通篇看，可以說是象徵的），弦音到了最高點，色彩也絢爛到無以復加。這樣奢侈的用濃重的顏色渲染，只是這兩句，而使全詩增加了瑰艷。

話又說回來了，淵明接受了前人的影響，不會完全擺脱（當然也不必）他那個時代詩的風氣（形影神有玄言詩的影響，《歸園田居》第一首僅僅二十句，竟有十四句是對偶的），而從他身上，也就可以看出其後幾百年詩的消息。

隨着魏晉浪漫神秘思想的繁榮，想像往天空展開它雲一樣的翅膀，隨着山水文學的興起，詩人和宇宙有一種默契或情感的交流，「同物之境」漸漸在詩裏滋長了苗芽。陶淵明恰好帶來這個新的氣息。似乎可以這樣說，「同物之境」是到他才顯然開始發展。「平疇交遠風，良苗亦懷新」，「眾鳥欣有託，吾亦愛吾廬」，是詩人和宇宙息息相通的境界。

這新鮮的氣息吹進他的詩裏，就醞釀出綠的生意。「良辰入奇懷，挈杖還西廬」，這新奇的意境似乎是以前不曾見過的。「試酌百情遠，重觴忽忘天。天豈去此哉，任真無所先。雲鶴有奇翼，八表須臾還。」同樣是充滿異想。太習慣於他的平淡了，會驚異於這些詩句：「清歌散新聲，綠酒開歡顏」；「鳥哢歡新節，泠風送餘善」「神淵寫時雨，晨色奏景風」，這哪裏像一般人所想像的陶淵明！從態度說，他已經微微揭開了劉宋以後「聲色」的序幕。

淵明詩所抒寫的多只是一種「意境」，沒有各部份細微的感覺，可是，他有時也用圓熟的喉嚨，唱一唱別調：「傾耳無希聲，在目皓已潔。」寫雪景當然微妙，我們卻更着重文學態度（特別是山水文學）到他手裏露出的轉變：刻劃寫實。謝靈運的山水詩就完全承受這種法則。

建安以前的詩是渾然一氣的，到曹子建才開始煉字錘句，講究對偶（有意做詩），這是詩的一個轉關。向來都說陶淵明的詩真淡醇厚，但究竟是晉朝詩了。「芳菊開林耀，青松冠巖列」，用字多錘煉；「日月依辰至，舉俗愛其名」，「悲風愛靜夜，林鳥喜晨開」，命意有難想到的新巧。他甚或不避險怪：「素標插人頭，前途漸就窄。」齊梁以後詩家專愛琢句，淵明早已指點了一條生僻的小路。

這樣講求煉字琢句，會發生怎樣的結果呢？沈德潛指出了：「漢魏詩只是一氣轉旋，晉以後始有佳句可摘。」這又是詩的一個轉關。銳意向藝術追求，必然產生一種完美，——居多是一部份特別完美，也就產生了不完美。靈運、玄暉他們都留下了不少的名句：「池塘生春草，園柳變鳴禽」，「野曠沙岸淨，天高秋月明」（靈運）；「餘霞散成綺，澄江靜如練」，「天際識歸舟，雲中辨江樹」（玄暉）。句子實在是精美極了，但花雖然好，枝葉卻不甚稱得起。雖然這非就由於名句所累，而那種極力追求完美的態度，未始沒有影響。鍾嶸說玄暉「意銳才弱」，恰正抓住了這個問題。過份講求字句的精美（即所謂「意銳」），力量差一點就難顧到篇的完整（即所謂「才弱」）。這種努力在短章比較容易見出成功（就如精細的工筆畫適於作小幅的條屏），玄暉的小詩精美完密，正從反面作了很好的說明。

刻意追求藝術的完美，居多產生一部份特別完美，這當然不錯，如果它在全篇詩裏能夠和諧，我們絲毫沒有理由說，只有像漢魏那樣「一氣轉旋」的詩才是最好的詩（自然，那樣的詩要是真好，也是一種好詩）。藝術往往到比較複雜、比較高時，愈需要多的變化。就說音樂吧，一部比較長的樂曲，當然可以有平和的旋律，低音的伴奏，然而有時並不妨讓奢麗的聲律像一陣陣穿花亂鶯巧囀而湧出，也不妨着矯健飛騰、清亮如銀的幾聲，如其調配得好（當然須有必要），並不會因此破壞樂曲的統一，相反，正因為對照、烘托，使它的意境更鮮朗深遠。陶淵明的詩也有名句，譬如「採菊東籬下，悠然見南山」，已成為一般人記憶裏珍貴的枝葉，它卻是相當調和，使全詩更為搖漾生色。

一九四四年，五月初稿

註釋

1 西密拉（Simylus, 355 B.C.）：*On The Condition of Literary Achievement*。

2 Arnold Bennett: *Literary Taste*.

3 漢樂府《雞鳴》：「雞鳴高樹巔，狗吠深巷中。」淵明《歸園田居》：「狗吠深巷中，雞鳴桑樹巔。」只將漢樂府兩句顛倒，「高」字改成「桑」字。

4 流伊松（Ludwig Lewison）：《文學與人生》。

附一　蕭望卿論陶淵明五言詩手跡二種

陶淵明五言詩風格

樂希

我常常想起兩個神秘的字，「新」和「變」，宇宙萬象彷彿都可以籠在那裏面，文学就在他们的潛流中生育滋長，真正的作品都有它自己特殊的面貌和精神，猶如薔薇的色調香澤一朵朵都有不同，各表現出牠自己優美的姿態。这獨特的風格就是作品存在最重要的理由。風格怎样形成？这个問題会引起許多玄妙的回答。中國的文人似乎早就懂得这个秘密，他们論文时常將體氣和人品拌在一起，而畢豐这样明快是难得的，他說，「風格就是人格」。撥開雲翳，給我们指點一個真相。白朗甯在雪萊及詩的藝術裏說：「我们接近詩，必須接近詩人的人格」。從前中國的人論詩，也說要「知人」「論世」，这是詩的秘鑰。無論怎样写实的作品，也必滲透了詩人自我的顏色，絕对客观是不可想像的。詩人自己就是一首真正的詩，要捉住他的精神，豈是容易的事情。何況陶淵明，猶如孤雲一样的詩人。

真理往往是经过了悠長的歲月方漸漸发現，人類如何被时代和自己無形的云霧蒙蔽，幾乎是不可想像的奇蹟。陶淵明的詩像空中明滅的孤云，隨着时代的眼光变幻。「一切上乘的詩」，正如雪萊所說，「都是無限的，一重又一重的幕儘可以被揭開了，它的真締是內在的赤裸的美却永不能暴露出来」。（一）想要解

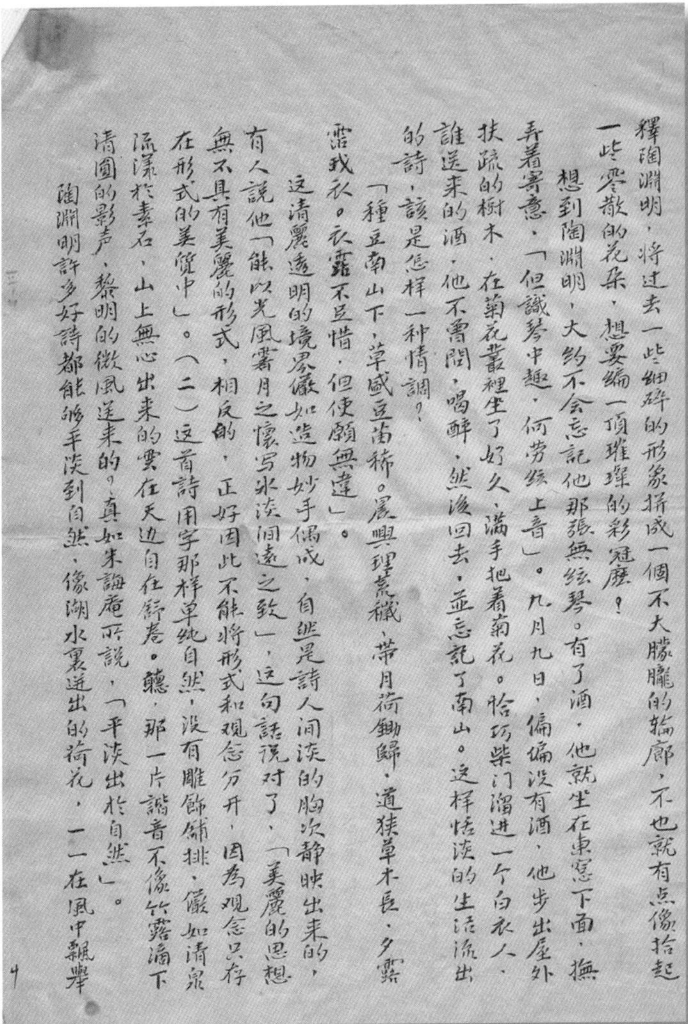

釋陶淵明，將过去一些細碎的形象拼成一個不大朦朧的輪廓，不也就有点像拾起一些零散的花朵，想要編一頂璀璨的彩冠麽？

想到陶淵明，大約不会忘記他那張無絃琴。有了酒，他就坐在東窓下面，撫弄着寄意，「但識琴中趣，何劳絃上音」。九月九日，偏偏沒有酒，他步出屋外扶疏的樹木，在菊花叢裡坐了好久，滿手把着菊花。恰巧柴门溜进一个白衣人，誰送来的酒，他不需問，喝醉，然後回去，並忘記了南山。这样恬淡的生活流出的詩，該是怎样一种情調？

「種豆南山下，草盛豆苗稀。晨興理荒穢，帶月荷鋤歸。道狭草木長，夕露霑我衣。衣霑不足惜，但使願無違」。

这清麗透明的境界儼如造物妙手偶成，自然是詩人间淡的胸次靜映出来的，有人說他「能以光風霽月之懷写出淡间遠之致」，这句話說对了，「美麗的思想無不具有美麗的形式」，相反的，正好因此不能將形式和观念分开，因為观念只存在形式的美質中」。（二）这首詩用字那样单纯自然，沒有雕飾舖排，儼如清泉流瀉於素石，山上無心出来的雲在天边自在舒卷。聽，那一片諧音不像竹露滴下清圓的影声，黎明的微風送来的，真如朱誨庵所說，「平淡出於自然」。

陶淵明許多好詩都能夠平淡到自然，像湖水裏送出的荷花，一一在風中飄舉

4

、他們是怎样来的？、尋不出蹤跡。因為情感沈着真摯，文字就超出意象，渾融為一片化機。而空靈迴蕩。是「逸鶴任風，閒鷗忘海」的境界。黃庭堅說过一句微妙的話，「淵明不為詩，自写其胸中之妙耳」。可以作為陶詩「無言」的註脚

水凝靜到微波不动时，未免稍嫌寂寞不足？、陶淵明的詩確乎平淡，却不是是輕声安流，你常常可以遇見一些素湍清影。東坡說他「有奇趣」，真是卓見、陶淵明对於这个代異的知己，怕也不能不首肯罷。他的詩不在字句的新巧、不求意象的驚人，你却只感到神思清遠高妙。「露凝無游氛，天高風景澈，陵岑聳逸峯，遙瞻皆奇絕」。晶明的秋氣裏湧出一些山巔，飄逸神奇！他有時能抓住過深的情感，「閒庭多落月，慨然知已秋」。給你的神经通一閃黃花，誰能不警覺？終於是一縷歎息壓在你的心上，化為輕煙似的惆悵。「所以貴我身，豈不在一生」。「采菊東籬下，悠然見南山」。这些透过情感而表現出来的玄機，特別能引人驚異、叻賁。「結廬在人境，而無車馬喧，問君何能爾，心遠地自偏」。王荊公以為自從詩人以来沒有这樣的句子。她呈現給我們的是道家高妙的靈境，像翱翔在九霄的白鶴，悠然来往，望得到，牠和我們如此親密，却不染人間的烟火。

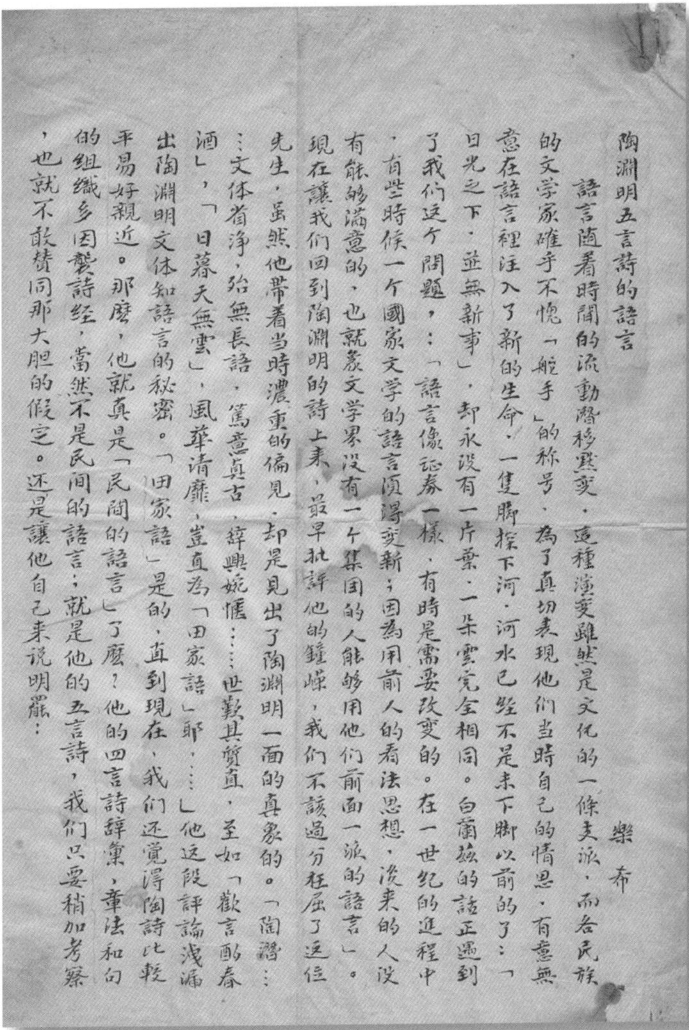

陶淵明五言詩的語言

樂希

語言隨着時間的流動潛移默变，這種演变雖然是文化的一條支派，而各民族的文学家確乎不愧「舵手」的称号，為了真切表現他們当時自己的情思，有意無意在語言裡注入了新的生命。一隻腳探下河，河水已经不是未下腳以前的了：「日光之下，並無新事」，却永没有一片葉，一朵雲完全相同。白蘭兹的話正遇到了我們这个問題，：「語言像証券一樣，有時是需要改变的。在一世纪的進程中，有些時候一个國家文学的語言須得变新；因為用前人的看法思想，後来的人没有能够滿意的，也就象文学界没有一个集团的人能够用他們前面一派的語言」。現在讓我們回到陶淵明的詩上来，最早批評他的鍾嶸，我們不該過分枉屈了这位先生，虽然他帶着当時濃重的偏見，却是見出了陶淵明一面的真象的。「陶潛：：文体省淨，殆無長語，篤意真古，辞興婉愜……世歎其質直，至如「歡言酌春酒」，「日暮天無雲」，風華清靡，豈直為「田家語」耶……」他这段評論洩漏出陶淵明文体和語言的秘密。「田家語」是的，直到現在，我們还覺得陶詩比較平易好親近。那麼，他就真是「民間的語言」了麼？他的四言詩辞彙，章法和句的組織多因襲詩经，當然不是民间的語言；就是他的五言詩，我們只要稍加考察，也就不敢贊同那大胆的假定。还是讓他自己来說明罷：

此後有缺頁，第一一七頁文前引詩為陶潛《移居》，全詩是：

春秋多佳日，登高賦新詩。
過門更相呼，有酒斟酌之。
農務各自歸，閒暇輒相思。
相思則披衣，言笑無厭時。
此理將不勝？無為忽去茲。
衣食當須紀，力耕不吾欺。

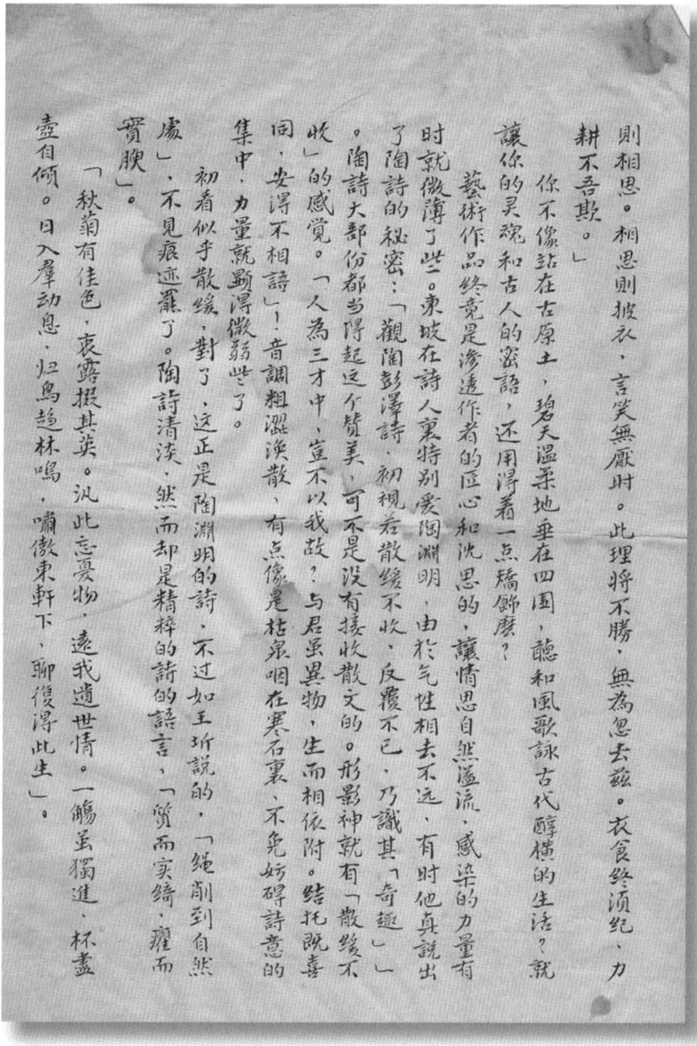
則相思。相思則披衣，言笑無厭时。此理將不勝，無為忽去茲。衣食終須紀，力耕不吾欺。」

你不像站在古原上，碧天溫柔地垂在四圍，聽和風歌詠古代醇樸的生活？就讓你的灵魂和古人的密語，还用得着一点矯飾麼？

藝術作品終竟是滲透作者的匠心和沈思的，讓情思自然溢流，感染的力量有时就微薄了些。東坡在詩人裏特別愛陶淵明，由於气性相去不远，有时他真說出了陶詩的秘密：「觀陶彭澤詩，初視若散緩不收，反覆不已，乃識其「奇趣」」。陶詩大部份都当得起这个贊美，可不是沒有接收散文的。形影神就有「散緩不收」的感覺。「人為三才中，豈不以我故？与君虽異物，生而相依附。結托既喜同，安得不相語」！音調粗澀渙散，有点像是枯泉咽在寒石裏，不免妨碍詩意的集中，力量就顯得微弱些了。

初看似乎散緩，對了，这正是陶淵明的詩，不过如王圻說的，「绳削到自然處」，不見痕迹罷了。陶詩清淡，然而却是精粹的詩的語言，「質而实綺，癯而實腴」。

「秋菊有佳色，裛露掇其英。汎此忘憂物，遠我遺世情。一觴虽獨進，杯盡壺自傾。日入羣動息，归鳥趨林鳴，嘯傲東軒下，聊復得此生」。

一片和平的音響，沒有鮮艷的顏色，清細的筆寫出菊花幽獨的品格。恬靜的黃昏，太陽沒了，一切的騷动却已沈息，鳥兒吽着向樹林飛去。萬物各得其所！詩人的精神也感到清明寧靜，歡愉中却揉和了無依的淒涼。

我在这裡想起英國詩，渥茲華斯，当時在「回到自然」的呼声裡，浪漫派的詩人用他們的角笛給大地宣染一片夢幻的、美的顏色，人類自我意識覺醒后，自然又給他們新異的世界。就这一点看，和陶淵明当时的情境約略有些相似。渥茲華斯和英国当时其他的詩人一样，歌頌自然和鄉村生活，他認為自然是活的，山、花、草、溪流都具有灵魂。这对於自然宗教的崇拜撫慰他失望於革命蒼白的心，不也有些像陶淵明疲於兵乱，隱身在田園麼。陶淵明虽不曾把自然看成活的，在相互的愛中實化。而他筆下生出的南山新苗，幽蘭和青松，都具有灵性与高尚的品格。

渥茲華斯以為詩不應用矯飾的語言，而必須是熱情洋溢中所流出人們真的語。他自己的詩用字天然而自發，多取鄉村風物与生活為題材，这个主張在他歌謠序裏表現很鮮明，是有意的白話运动。陶淵明虽然用單純質樸的語言，却不曾留下任何学說，——詩在他是生活的一部分，只作為一种娛樂。東方和歐洲这兩位詩人如果在天上飄流遇着，不知道是否引為同調。

朱自清先生批語：見解有獨到之處，文字亦自成風格。

3

「秋日凄且厲，百卉具已腓，爰以履霜節，登高餞将归，寒气冒山澤，游雲倏無依，洲渚四緬邈，風水互乖違。瞻夕欣良讌，離言聿云悲，晨鳥暮来还，懸車斂餘暉。逝止殊判路，旋駕悵迟迟。目送回舟遠，情随萬化遣」。

用詩經楚辭的字彙和意境，对偶虽不很嚴密，通首意思却是駢行的。在任何國家，即使他們的語文比較一致，文学的語言（尤其是詩）和口語終有相当距離。我所举的这首詩恰和当時的白話是相去太遠了，归園田居可以代表他平淡自然的風格，我們注意第一首，僅僅二十句，竟有十四句是对偶的，（自然是染了当時「輕绮」的顏色。）不过文字随着情感流动，像清淺的河水裏小石子随着瀁明的綺紋摇漾生色，悠邈，和平，詩静，誰会想起水裏也許是規則的石子？我們难道能說这是民間語言的組織？「飄飄西来風，悠悠東去雲。山川千里外，言笑難為因」。也是詩特殊的結構。

陶淵明詩的語言特色究竟在那兒？他為什麽用这種語言？只要留心，不难探出一些兒音息，「欲潬戒而有正始以来風气，当看淵明」。已經透露一點微光，却把握不住吞个的輪廓。「有正始以来風气」，太迷茫，也沒有完全說對。我們随着閃爍的大星往深處追尋。「晉世羣才，稍入輕绮，張潘左陸，比肩詩衢，采縟於正始，力柔於建安，或析文以為妙，或流靡以自妍」。晉朝大部分的詩人染了当时民族衰弱的病症，在詩裏他们也像是缺少一點骨力，站不起来，命运註定詩人終得做詩，於是只好儘量敷砌詞華，真思想、真情感在那兒？一點生气也微弱得可憐了。真是「自從建安來，綺麗不足珍」。由繁縟回到素樸，由矯飾回到自然，由浮靡回到清真，到了盡處，轉過頭来，原是自然的趋势，陶淵明的詩就是这样一个转变中的结晶。他接受古詩十九首以来漢詩的气氛，建安諸子和阮籍的情韻，明白生动就是從樂府導引出来。掙脫了当时诗的風气，用素淡的文字抒寫清逸闲遠的心灵；站在桑樹頂上叫的鴉，堂前屋後的榆柳桃李，鋤头稍上肩膊，慢慢走着，带回一片明月，新来的燕子，漂浮於滄海的桑樹，撩乱無端的悲感，都織進他的诗裏。这个試驗是可爱的成功了。

陶淵明的詩簡單質樸凝鍊。接近活的語言。跳出了当时詩的氣围，回到正始，以前的真摯醇厚，陶鎔樂府詩的天真自然的鑄成自己新的風格。的確，陶淵明给人展開了一个奇異的天地，把人灵魂的眼睛掀亮；風從南边来，新的苗兒摇动綠色的翅膀，村落浮在远处的微霧裏，空際几縷輕烟，微雨好風交融為一種和諧的調兒，輕輕的一步一步，绕过幽静的小路，摘起几朵秋菊，南山的浅藍融入心胸，这一切都是新的美，新的啟示！我这样说或许不算过分，他将比較貼着实际的人带得美丽的自然，给人的心灵構築一个璀璨的宇宙。

詩人的綵　隨他所觸着的情境幻化為適宜的声色。陶淵明寫田園居多是用輕淡筆，不甚加渲染，然而他有你意想不到的「綺麗」。

「日暮天無云，春風扇微和，佳人美良夜，達旦酣且歌，歌竟長歎息，持此感人多。皎皎雲間月，灼灼葉中華。豈無一時好，不久当奈何！」

这是怎样的一种声音！你念的時候，有点喘不过气不是？儼如三月的微風透过紅杏林吹來的，含着潮潤的芳馥，陽光溫煦。这富麗的声音由於有機的韻律，融為一片和諧的妙樂，每一个字都顫动着，竟然斂豔发光的珍珠。即使完全不懂得诗的意思，只要听一徧，也不難想像一个在良夜裏对歌達旦的美人。这首诗的大的成功在他的声音，「日暮天無云，春風扇微和」。黄昏明媚像一朵玫瑰，儼如和融的春波，金色的鬢髮顫蕩，傾聽佳人悽顫於良夜的妙言。「皎皎云間月，灼灼葉中華」，絃音到了最高点，色彩也絢爛到無以復加，这样奢侈用濃重的顏色渲染，只是这兩句，而使全詩增加了瑰豔。畢竟不同齊梁的風格，但覺牠莊嚴，高貌」！，

歌声沈歇，又回到明靜的天地。「少学琴書，偶愛閒靜，开卷有得便欣然忘食，見樹木交蔭，時鳥變声，亦復歡然有喜，常言五六月中北窗下臥，遇涼風暫至，自謂是羲皇上人」。这是陶淵明写給他兒子的信，读到像水一样的詩情。由

於他冲淡高潔的人格。至性真情便昇華為純潔的光輝。鍾伯敬說「陶詩閒淡」指出了陶淵明主要的風格這种例子他的書裡隨处都是，归园田居第二首：

「野外罕人事，窮巷寡輪鞅，白日掩荊扉，虛室絕塵想，時復墟曲中，披草共來往。相見無雜言，但道桑麻長，我土日已廣。常恐霜霰至，零落同草莽。」

凝神靜慮，心飄戏於井靜默都已沈思，虛明的灵境，那裡面盈滿着生趣，如此恬淡，閒適，超絕塵俗。但覺被一縷閒远的幽情，猶如古的香雪所逗引。

「叩栈新秋月，臨流別友生，涼風起將夕，夜景湛虛明。昭昭天宇濶，晶晶川上平。」

所呈現給我们的是水晶似純美的世界。

「虽未量歲功，即事多所欣，耕种有时息，行者無问津，日入相与归，壺漿劳近隣。長吟掩柴门，聊為隴畝民。」

我们看見古人的生活，我们幾乎遺忘了的。他们那样悠閒，醇厚，聖潔，具有素樸的灵魂。沈　在目前一片幽暗，不也要像詩人样「遙遙望白雲，懷古一何深！」人的一生包含着不斷的矛盾和变，不斷的否定，絕念，再生。陶淵明他自己說：「少时壯且厲，撫劍独行遊。」這个小英雄我们几乎不能想像就是後来「忘懷得失的」的五柳先生。他到老還歎息：「日月擲人去，有志不獲騁。」念此懷悲悽，終曉不能靜。」这一面的性格始終潛伏在他的灵魂裡，而且決定他行為的方向；他不逃入釋家的空寂，而向清秀高邈的山水（最好表現老莊意境的形象世界。）挹取一點兒幽凉，撫慰自己的創痛。我們不难明白他為什麼歌頌田園生活，為什麼醉心於醇酒，為什麼憧憬唐虞的幽光，為什麼創造「桃花源」的聖境。而我們通常總被五柳先生的「实錄」掩翳了他下意識裡的残夢和哀愁。顧亭林这一段話最能掘发陶淵明性情的真締：「栗里之微士淡然若忘於世，而感憤之懷有时不能自已而微見其情者，真也。」陶淵明確乎不只是「清遠閒淡」，骨子裡充沛著「豪邁」的氣格。朱晦菴說得很好：「韋蘇州詩直是自在……陶却是有力，但詩健而意閒」。

悲涼感懷有时隱微從他的诗上透露：

「仲春遘時雨，始雷發東隅，眾蟄各潛駭，草木縱橫舒。翩翩新來燕，双双入我廬。先巢故尚在，相將还舊居。自從分別来，门庭日荒蕪。我心固匪石，君情定何如？」

纏綿悱惻是故國的春恋。

「种桑長江边，三年望当採。枝葉始欲茂，忽值山河改。柯葉自摧折，根株浮滄海。春蠶既無食，寒衣欲誰待？本不植高原，今日復何悔？」

6

風浪激蕩的桑樹就是晉室命運的象徵。「忽值山河改，」無可奈何的隱痛不敢說明，只得在「雜詩」和「擬古」的翳護下，隱隱微微發抒他的幽思。不像詠荊軻讓要爆發的情感在紙上燃燒：「惜哉劍術疏，奇功遂不成，其人虽已没，千載有餘情。」可是，水太深了，反而無声，歔欷啜泣往往更為哀痛感人。

陶淵明在田園生活裏精神得到了清閒，安定，哀愁可还是绝了源，而他常常是用諧謔措遣他们。不深沈的微笑是歡欣，是哀愁，也輕鬆，也嚴肅。朱光濤這段話可以作為很好的說明：「豁達者在悲劇中參透人生世相，他詼諧出於至性深情，所以表面滑稽，骨子裏沈痛……豁達者超世而不忘淑世，他对於人生悲悯多於憤嫉……中國诗人中陶老和杜甫是於悲劇中見詼諧者。」（三）陶淵明的五言詩多含着「默」的情趣：

「谷風轉淒薄，春醪解飢劬。弱女虽非男，慰情聊勝無。」

愛酒多有風趣。東坡先生「菲薄酒，勝糟糠，陋陋妻，勝空房。」实在是牠的翩昔。

「叔麥实所羨，安敢慕輕肥。惄如亞九飯，當暑厭寒衣。」

只求能飽，豈敢奢望輕肥，却常常不容易飽。经歷过艱難的人大約多少会明白这苦笑是什麼滋味。「子思居衛，三旬九遇食。」自己挨餓的命運比孔老夫子

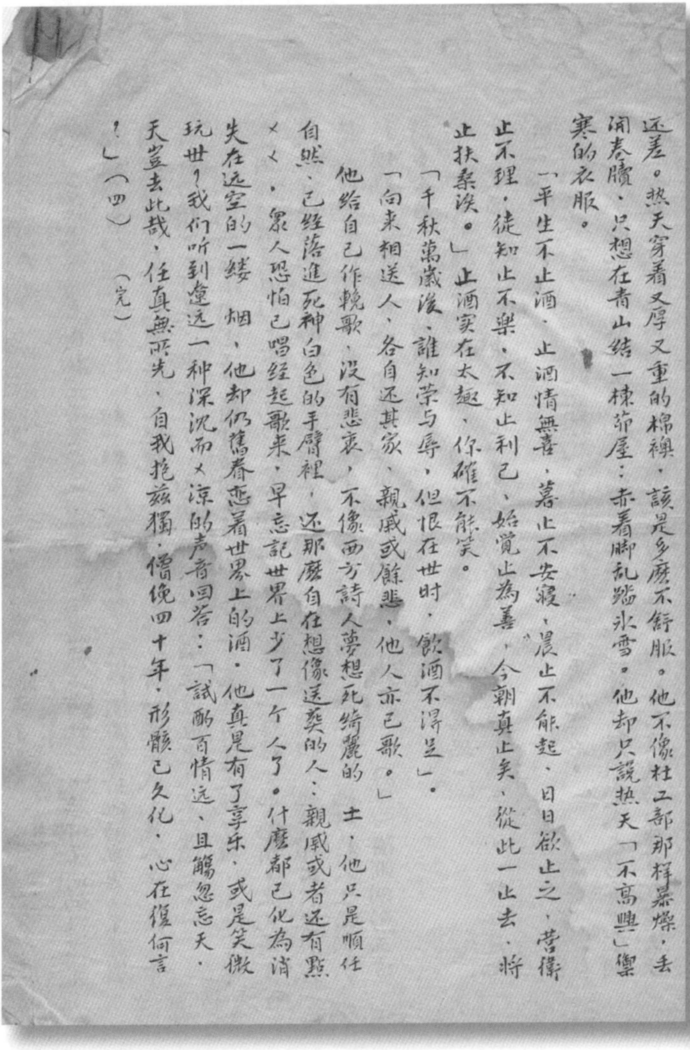
还差。热天穿着又厚又重的棉襖，該是多麽不舒服。他不像杜工部那样暴燥，丢閒春膭，只想在青山结一棟茆屋：赤着脚乱踹冰雪。他却只説热天「不高興」禦寒的衣服。

「平生不止酒，止酒情無喜，暮止不安寢，晨止不能起，日日欲止之，营衛止不理，徒知止不樂，不知止利己，始覺止為善，今朝真止矣，從此一止去，將止扶桑涘。」止酒实在太趣，你確不能笑。

「千秋萬歲後，誰知荣与辱，但恨在世时，飲酒不得足」。

「向来相送人，各自还其家，親戚或餘悲，他人亦已歌。」

他给自己作輓歌，没有悲哀，不像西方詩人夢想死绮麗的土，他只是順任自然，已经落進死神白色的手臂裡，还那麽自在想像送葬的人：親戚或者还有點××，衆人恐怕已唱经起歌来，早忘記世界上少了一个人了。什麼都已化為消失在遠空的一縷　烟，他却仍舊眷戀着世界上的酒。他真是有了享乐，或是笑傲玩世？我们听到遼远一种深沉而又涼的声音回答：「試酌百情远，且觴忽忘天。天豈去此哉，任真無所先，自我抱兹獨，僶俛四十年，形骸已久化，心在復何言？」（四）

（完）

附二　陶淵明詩賞析三篇

寫作中的蕭望卿及其關於《陶淵明詩文賞析集》的信。

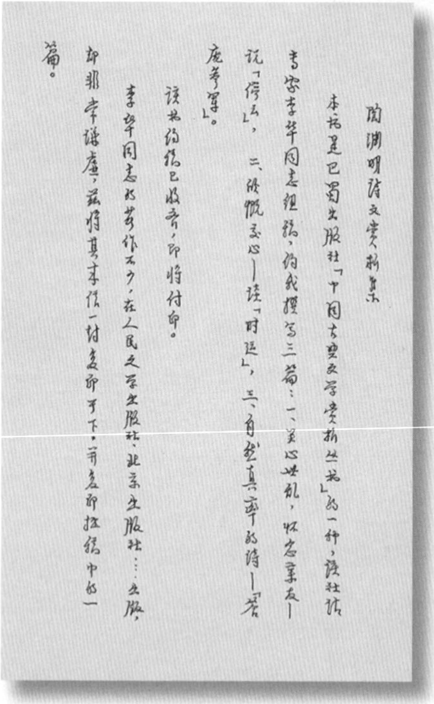

陶渊明诗文赏析集

本书是巴蜀出版社「中国古典文学赏析丛书」的一种，该社请专家李华同志组稿，约我撰写三篇：一、关心世乱，怀念亲友——说「停云」，二、殷忧之心——读「时运」，三、自然真率的诗——「答庞参军」。

该书的稿已收齐，即将付印。

李华同志的著作不少，在人民文学出版社、北京出版社……出版，即郭常谦处，兹将其来信一封复印寄下，并复印拟稿中的一篇。

關心世亂，懷念親友——說《停雲》

停雲，思親友也，罇湛新醪，園列初榮，願言不從，嘆息彌襟。

靄靄停雲，濛濛時雨，八表同昏，平路伊阻。
靜寄東軒，春醪獨撫，良朋悠邈，搔首延佇。

停雲靄靄，時雨濛濛，八表同昏，平陸成江。
有酒有酒，閒飲東窗，願言懷人，舟車靡從。

東園之樹，枝條再榮，競用新好，以招余情。
人亦有言，日月於征，安得促席，說彼平生。

翩翩飛鳥，息我庭柯，斂翮閒止，好聲相和。
豈無他人？念子實多，願言不獲，抱恨如何！

陶淵明詩的傑出成就主要在五言詩，四言詩的價值遠不如五言詩高，其中最好的當推《停雲》和《歸鳥》，尤其《停雲》，得到歷代學者很高的評價。

《停雲》作於晉安帝元興三年（四零四年），當時陶有四十歲。他辭去桓玄的官職，回到家中隱居，到此時已經三年。東晉在這個時候即將覆亡，連年戰亂給老百姓帶來深重的災難，陶淵明的家鄉潯陽，屢次發生戰爭，也是多災多難的地方。我們要認識陶淵明在這個時候寫下的這首《停雲》，魯迅的一段話是很好的指引：「我總以為倘要論文，最好是顧及全篇，並且顧及作者的全人，以及他所處的社會狀況，這樣才較為確鑿。要不然，是很容易近乎說夢的。」（《且介亭雜文二集．題未定草七》）

陶淵明可並非淡然忘世，而是實有志於天下、希望自己能夠「大濟於蒼生的人」。他在寫《停雲》幾個月以後所作的《榮木》中說：「先師遺訓，余豈之墜。四十無聞，斯不足畏。脂我名車，策我名驥，千里雖遙，孰敢不至！」他還想驅車策馬，出去發揮自己的才能，施展自己的抱負。

陶淵明在此時以前，曾任州祭酒，後來又當過桓玄的僚佐。對於當時政治黑暗，風雲變幻和統治集團的相互傾軋廝殺，他是有親身的體驗和認識的。他在寫《停雲》的時候，劉裕等發動了討伐桓玄的戰爭，而且戰火已經燃燒到他的身邊，他對時局自然是不能不關心的。龔自珍很了解他創作《停雲》時的心情：「陶潛詩喜《詠荊軻》，想見《停雲》發浩歌。」（《舟中讀陶詩》）

《停雲》如詩小序所說，是寫「思親友」。但他關心世亂、滿腔悲憤之情，在字裏行間奔流着，到詩的結尾，就噴薄而出，豈只是「思親友」而已。因為當時不便直言，淵明感變傷時，只能借思親友隱晦曲折地表現出來。溫汝能說得不錯：「詩中感變懷人，撫今悼昔，一片熱情流露言外，若僅以閒適賞之，失之遠矣」。（《陶詩匯評》卷二）

《停雲》全詩四章，都用比興。「靄靄停雲，濛濛時雨，八表同昏，平路伊阻。」一開始就寫得很出色。停雲，雲凝聚着不散，不流動，大概指其時天空沒有甚麼大風。靄靄，雲盛的樣子。「靄靄停雲」，是寫天空滿佈着凝聚不散的濃密黑雲。「濛濛時雨」，我們可以設想，詩人從東軒望去，天空和原野裏正下着迷迷濛濛的春雨。

這陰暗的雲雨象徵當時晉朝大亂的光景。「八表同昏」，詩人感慨整個天地都是這樣昏暗：天下大亂，晉室垂危，老百姓遭受苦難。「平路伊阻」，平坦的道路被雨水阻塞，言外之意是，在戰亂中，交通阻絕，並為後面寫遠方的朋友不能前來作伏線。

淵明在開頭四句，有感於時局動亂，就眼前的景物稍加描畫，着墨不多，而意境卻是那麼陰沉憂鬱，甚為感人。四句詩，十六個字，可以説是字字沉痛。

這種意境自然引起淵明懷念朋友。「靜寄東軒，春醪獨撫」，寫出了他思念朋友的深情。「良朋悠邈」，讀者聯繫全篇和上下文，就會想像到，淵明所深切地懷念的朋友，在遙遠的地方，在戰亂中，交通阻絕，不能前來。「搔首延佇」，淵明也許在室內走來走去，也許站在窗口，凝望着前面那條朋友可能從那兒走來的小路，等待了很久，心情很煩亂，搔着頭，卻始終不見那朋友來。

「靜寄東軒，春醪獨撫，良朋悠邈，搔首延佇」四句，寫淵明等待朋友時那種神態和心情，很生動、很真實。他那兩鬢斑白、滿懷幽憤的形象活現在我們面前。

古典詩詞的構思造語很精工，語言很少，而含意深遠。讀詩詞的時候，特別需要用豐富的想像，探索言外的深遠的含義，體會其優美的意境。

第二章：「停雲靄靄，時雨濛濛，八表同昏，平陸成江。」一、二兩章頭四句都用興，以復沓的聯章形式，每章的字句基本相同，只變換了幾個字，反覆詠嘆，加強其中蘊含的思想和感情，創造優美而能感染讀者的意境。這種形式產生迴環往復的旋律，加強了詩的感人的藝術效果。王夫之說得好：「用興處只顛倒上章，而愈切愈苦者，在音響感人，不以文句求也。」（《古詩評選》卷二）要說「音響感人」，可不只這四句，就全詩說，又何嘗不如此呢？

上章說「靜寄東軒，春醪獨撫」，這章說「有酒有酒，閒飲東窗」，一再反覆，使得思友的感情更為殷切，上章說，望朋友來而不能來；這章說，想去看望朋友，也不能順心，前面說「平路伊阻」、「平陸成江」；這裏歸結到「舟車靡從」，從此可以看出作品構思的嚴密。

第三章：「東園之樹，枝條再榮。」「再」，一作「載」，皆通。東園裏的樹木凋零，春天來時，還能再欣欣向榮。當前形勢險惡，難道就不可能好轉麼？淵明感時憂世，態度還是比較積極的；園樹再榮，可能會給他帶來希望，使他的心受到鼓舞。

「競用新好，以招余情。」淵明筆下的樹木是活的，有感情的，競用新的美好的光景向他召喚，我想，他會憐愛他們的。

這種光景就更使他思念老朋友了。「人亦有言，日月於征。」日月指時光，換句話說也就是人生。人生像遠行一樣很快就消逝。在戰亂中，這樣說來，感慨就更深了，因而更急切地想會見朋友，而道路阻隔，只能付諸一片熱切的希望：「安得促席，說彼平生。」

第四章：「翩翩飛鳥，息我庭柯。」只用了幾筆，就勾畫出鳥兒的動態。更出色的是：「斂翮閒止，好聲相和。」這兩句細緻地描畫鳥兒停下來以後，收斂翅膀，閒靜地停留在樹枝上，用熱切優美的聲音相互唱和。畫活了鳥兒的神態和聲音，傳出了它們的心情，寫得真是自然活妙。

鳥兒「好聲相和」的動人情景，自然興起淵明懷念朋友的摯切心情。「豈無他人」，是用來襯托他們的情誼比別的朋友更深。他是多麼熱切地希望和朋友相見，開懷暢敍呵，而終於「願言不獲」，懷念朋友而無由見面，於是發出了意味深長的感嘆：「抱恨如何」（懷恨而無可奈何）！淵明在這首詩裏，從頭到尾都是寫懷念朋友，寫得很真實感人，到結尾一句，他關懷世亂的悲憤之情才湧現出來。正如黃文煥所說：「比興憤極，高處使人驟讀之不覺，並親友亦屬《蒹葭》之虛想。」（《陶

詩析義》卷一）

蕭統說，陶淵明的詩，「語時事，則指而可想；論懷抱，則曠而且真」（《陶淵明集序》）。在《停雲》中，淵明因不便直說，感變傷時之情不能不借「懷親友」而隱晦曲折地表現出來。知人論世，我們不能不說這篇詩較真實地反映了晉朝當時的戰爭和亂離的情況。

陳廷焯說：「淵明之詩，淡而彌永，樸而實厚，極疏極冷極平極正之中，自有一片熱腸，纏綿往復，此陶公所以獨有千古，無能為繼也。」（《白雨齋詞話》卷八）這是對陶淵明五言詩所作的很好的評價，而這種卓絕之處，在《停雲》中，也多少能體現出來。

《停雲》有小序，用比興的手法和復沓的章法，摘首句的二字為題，這都是受了《詩經》的影響。詩中用比興的手法和復沓的章法，技巧很高，有所創新，其藝術效果是頗為感人的。

欣慨交心——談《時運》

時運，遊暮春也。春服既成，景物斯和，偶影獨遊，欣慨交心。

邁邁時運，穆穆良朝，襲我春服，薄言東郊。山滌餘靄，宇曖微霄，有風自南，翼彼新苗。

洋洋平澤，乃漱乃濯，邈邈遐景，載欣載矚。人亦有言，稱心易足，揮茲一觴，陶然自樂。

延目中流，悠想清沂，童冠齊業，閒詠以歸，我愛其靜，寤寐交揮，但恨殊世，邈不可追。

斯晨斯夕，言息其廬，花藥分列，林竹翳如。清琴橫床，濁酒半壺，黃唐莫逮，慨獨在余。

在陶淵明的四言詩中，《時運》是比較好的，它和《停雲》同作於元興三年（四零四）。詩序說明詩的主題：「《時運》，遊暮春也。春服既成，景物斯和，偶影獨遊，欣慨交心。」淵明獨遊時，和自己的影子作伴，心情十分複雜，內心深處交織着一片歡欣和感慨。

《時運》四章，全用賦的表現手法。

「邁邁時運，穆穆良朝，襲我春服，薄言東郊。」這幾句敍述四時在運行，已是暮春，淵明乘興到東郊去遊覽。以下四句寫春郊的景物：「山滌餘靄，宇曖微霄」，大概是雨後放晴吧，風起來，山上洗去還沒有散盡的濛濛雲氣，天空籠罩着微雲，田野裏一片清朗的景象。陶淵明長期住在農村，後來還參加耕作，對於田園風物的觀察和體驗是很細、很深的。「有風自南，翼彼新苗」，暮春三月，和暢的風披拂着田野裏正成長着的新苗，這境界很靜很美。這和風新苗不僅是活生生的，有感情的，而且詩人的筆賦予它們性格。沈德潛說：「『翼』字寫出性情。」（《古詩源》卷八）「翼」字是這兩句中的詩眼，渾樸生動地傳出和風披拂着新苗的神態，體現了它們的性格。「藝術美只是心靈美的反映」（黑格爾），沈德潛所說的性情，也就是淵明的性情的反映。

淵明很喜愛田園風物，田園風物是他的精神上的寄託。他說過：「靜念園林好，人間良可辭。」（《庚子歲五月中從都還阻風於規林二首》）他的心是和這些風物交融在一起的。「有風自南，翼彼新苗」，「眾鳥欣有託，吾亦愛吾廬」（《讀山海經》），「平疇交遠風，良苗亦懷新」（《癸卯歲始春懷古田舍二首》），都含有神與物游、冥忘物我的妙諦。

真正好的詩所蘊涵的美，要發現它，可並不那麼容易。蘇東坡說：「陶靖節詩云：『平疇交遠風，良苗亦懷新』，非古之耦耕者，不能識此語之妙也。」（張表臣《珊瑚鈎詩話》引）東坡對「有風自南，翼彼新苗」二句沒有評說，但其中的道理彼此相通的。如果我們不能認識這些詩句的美妙，恐怕主要是由於我們觀察和體驗田園風物還不細不深，對於淵明的人格和詩的藝術還了解不夠深透。真正好的詩所蘊含的美，好像是永不枯竭的源泉。一個人、一個時代，要把它發掘淨盡，恐怕是不可能的。

第二章：「洋洋平澤，乃漱乃濯。」從遠望的觀點寫平湖，只見一片汪洋的湖水沖刷着沙岸。以淵明的才華，囿於四言詩的語言和習套，這四句實在不免有點板滯，毫無新的意境。「人亦有言，稱心易足，揮茲一觴，陶然自樂。」也有些平板單調，沒有甚麼新創。符合自己的心願，就容易滿足，則春遊也有欣快，於是拿起酒杯來，一飲而盡，「陶然自樂」。說「自樂」，也就透露了孤獨之感。

以上兩章寫春天出遊的欣喜。三、四兩章就傷今懷古，寄託感慨。

第三章不是寫當前的事，而是淵明想起孔子的學生曾點談自己的志趣，也是很深的感慨。曾點對孔子說：「暮春者，春服既成，冠者五六人，童子六七人，浴乎沂，風乎舞雩，詠而歸。」孔子聽了，表示讚許（見《論語·先進》）。「延目中流，悠想清沂，童冠齊業，閒詠以歸。」就是從曾點的談話展開想像的。淵明遠望平湖的中流，忽然懸想起曾點曾經提到的清澈的沂水（在今山東曲阜縣南），兒童和成年人都習完了課業，悠閒地歌詠着回去。這裏面的靜的境界，是淵明日夜嚮往的，靜就是自甘淡泊，而無外慕，別有樂處。「但恨殊世，邈不可追。」淵明對當時的政治深為不滿，從「恨」字顯然可以看出。

第四章，靜境已不可追，淵明感到在家隱居也別有樂趣：「斯晨斯夕，言息其廬，花藥分列，林竹翳如。清琴横床，濁酒半壺。」張蔭嘉說，這六句「暗頂詠歸，鋪述家居之樂，以為『游』字餘波」（《古詩賞析》卷十二）。這個見解是有獨到之處的。本章最後以極其沉痛的感慨，結束全篇：「黃唐莫逮，慨獨在余。」淵明對當時的政治不滿，那麼，他的政治理想是甚麼呢？就是黃帝、堯、舜之世。他在《贈羊長史》中說：「愚生三季後，慨然念黃虞」（黃帝、虞舜）。而「黃唐莫逮」，可見其感慨獨深。

詩小序說：「欣慨交心」。淵明的一生，有欣喜，也有感慨，即就遊東郊說，也是如此。他觀賞暮春的景物，感到欣喜；但他的心裏有許多矛盾，也就有許多苦惱，這欣喜是他對人生有所徹悟之後得來的。「人亦有言，稱心易足。」符合自己的心願就容易感到滿足，而滿足就常會得到欣喜，這句話有利於他對苦惱的解脫。

但淵明在仕途上很不稱意，心懷大志，而不得施展，他對這些是始終念念不忘的。連年戰爭不息，晉室瀕於覆亡。他雖然不一定忠於晉室，但是眼看國家動亂，人民遭殃，自己卻無力挽救危局，心情自然是很沉痛的；至於他的政治理想，當然更無由實現了。他真是感慨萬端：「黃唐莫逮，慨獨在余。」譚元春說：「『慨獨在余』是自任自感之言。」（鍾惺、譚元春《古詩歸》）這是很中肯的，這「獨」

字寫出了淵明很深的苦衷。

《時運》是四言詩，也有小序，取首句的二字做題目，用賦的表現手法，都是受《詩經》的影響。但《停雲》、《歸鳥》和《時運》等篇，都是晉人的風格，和《詩經》有不同。正像沈德潛所說的：「淵明《停雲》、《時運》等篇，清腴簡遠，別成一格。」（《說詩晬語》）就《時運》說，其中的「有風自南，翼彼新苗」等句，和五言詩的「平疇交遠風，良苗亦懷新」，它們的風格幾無二致。

這首詩寓意深遠，發人深思，但全篇在藝術上的成就並不高，遠不如《停雲》和《歸鳥》。四言詩發展到晉代，已經到了尾聲，以淵明的天才，也不能有更多的創新和發展，他在五言詩中，才取得了輝煌的成就。

自然真率的詩——《答龐參軍》

三復來貺，欲罷不能，自爾鄰曲，冬春再交；款然良對，忽成舊遊，俗諺云「數面成親舊」，況情過此者乎？人事好乖，便當語離；楊公所嘆，豈惟常悲？吾抱疾多年，不復為文，本既不豐，復老病繼之；輒依周禮往復之義，且為別後相思之資。

相知何必舊，傾蓋定前言。
有客賞我趣，每每顧林園。
談諧無俗調，所說聖人篇。
或有數斗酒，閒飲自歡然。
我實幽居士，無復東西緣。
物新人惟舊，弱毫多所宣。

情通萬里外，形跡滯江山。
君其愛體素，來會在何年？

陶淵明的朋友，有政治上的人物，有高僧隱士，也有鄉鄰中的一些農民。在政治上的人物中，官位較高而交情深的是顏延之；也有一些官職較低的朋友，非故交而能相知，有詩相互酬和，如龐參軍、丁柴桑、戴主簿、郭主簿、羊長史、張常侍等人。龐參軍的事跡不詳，並遺其名，只知他是江州刺史王宏的參軍。淵明有《答龐參軍》二首，一為五言，一為四言，都作於宋廢帝景平元年（四二三），淵明五十九歲時。

這年春天，龐參軍奉王宏之命，以潯陽（當時王宏鎮潯陽）出使江陵；有詩贈淵明，淵明寫了一首五言詩作答。當時宋文帝劉義隆正做宜都王，以荊州刺史鎮江陵。這年的冬天，龐參軍又奉宜都王的命令，以江陵出使京師建康，路過潯陽；有詩見贈，淵明又作了一首四言詩酬答。本篇是春天作的那首五言詩。

《答龐參軍》是酬答龐參軍贈詩並為他惜別送行的。陶淵明是偉大的詩人，又是傑出的散文家。原詩有序，日本近藤元粹說：「序文簡淨，自是小品佳境。」（《評訂陶淵明集》卷二）序裏的思想和感情都經過提煉淨化，用樸素簡潔的語言表現出來，達到簡淨的境界，的確是一篇很好的小品。特別是前面幾句：「三復來貺，欲罷不能。自爾鄰曲，冬春再交；款然良對，忽成舊遊，俗諺云『數面成親舊』，況情過此者乎？人事好乖，便當語離；楊公所嘆，豈惟常悲？」追敘他們過去的交往，惜別情深，低徊往復，很能感動人。

詩這樣開始：「相知何必舊，傾蓋定前言。」淵明和龐參軍並非舊識，因為是鄰居，常誠摯親切地交談，只不過一年多時間，便儼然成了舊交。其所以這樣，就因為彼此相知；這就證實了《史記．鄒陽傳》中鄒陽獄中上書所說的話：「諺曰：『有白頭如新，傾蓋如故』，何則？知與不知也。」

「有客賞我趣，每每顧林園。」這位客人就是龐參軍，他賞識淵明的志趣。他們所以能夠相識，恐怕主要在於在志趣上是彼此接近的。淵明在那首四言體的《答龐參軍》中說了：「不有同愛，云胡以親？我求良友，實覯懷人。歡心孔洽，棟宇惟鄰。」

「談諧無俗調，所說聖人篇。」淵明受儒家的影響是較深的，他和龐參軍所談論的，都是儒家的經典（「聖人書」）。他在詩文裏，每每提到自己愛讀儒家的經書，例如，「詩書敦宿好」（《辛丑歲七月赴假還江陵夜行塗口》），「游好在六經」（《飲酒》）；他也說起自己要遵循儒家經書的教導：「先師遺訓，余豈之墜」（《榮木》），「師聖人之遺書」（《感士不遇賦》）。

淵明很窮，不一定有酒；間或有幾斗酒，就和龐參軍安閒地品嘗，自然都很歡愉。

以上這一段是淵明回憶龐參軍時常來訪，親切交談，接杯酒之歡，就成了舊遊的情景。下面這一段就寫惜別送行。

臨別時自然要談談心。「我實幽居士，無復東西緣。」也許是龐參軍勸淵明再出去做官吧，他婉言謝絕了。淵明四十一歲就辭官歸田，到此時已經五十九歲，再也沒有東西奔走求官的意願，他就愛這點隱居的樂趣：「衡門之下，有琴有書。載彈載詠，爰得我娛。豈無他好，樂是幽居。朝為灌園，夕偃蓬廬。」（《答龐參軍》，四言）

詩筆隨即轉到龐參軍離去以後，「物新人惟舊」，物新，萬物更新。此比喻劉裕篡位，晉朝改成了宋朝。「人惟舊」，人是舊相識好，淵明和龐參軍還是舊遊呢！在這兩句詩裏，他對晉朝似乎懷着眷戀的感情。「弱毫多所宣」，弱毫指筆，宣即表達。這句的意思，是希望龐參軍以後多寫信來。

「情通萬里外，形跡滯江山」，承接上句。在萬里以外，感情可以借書信傳達，雖然人（「形跡」）被江山阻隔，是不得相見的。這兩句借「萬里外」和江山的形象，傳出了淵明對龐參軍思念的深情。

「君其愛體素，來會在何年？」詩就這樣結束了。龐參軍身在官場，風浪很多，淵明在《答龐參軍》那首四言詩裏，曾勸他「敬茲良辰，以保爾躬」，同時淵明已經年老，抱病多年，所以「君其愛體素，來會在何年」兩句，蘊涵着很深的惜別的感情，也有不少感慨，可不是泛泛地期望以後能夠再見。

《答龐參軍》是一首很好的詩。粗略讀過，也許感到它平易親切，不難理解，但所能把握住的卻往往只是其中詞句的表面意義。要反覆閱讀，仔細探索，才能發現其中深遠的涵義和藝術美，才能發覺平易的字句間有一片熱烈誠摯的深情，撼動人的心弦。

陳祚明說得好：《答龐參軍》（五古）「殊有款款之情，物新人舊，涉筆便不能忘」（《採菽堂古詩選》卷十三）。指出了這首詩的價值。溫汝能也說：「至其與人款接，贈答之什，自有一種深摯不可忘處。」（《陶詩匯評》卷二）這首詩為甚麼能這樣感人呢？首先在於淵明在詩裏注入了他熱烈誠摯的深情，注入了他的品質、性格，注入了他的整個心靈；此外，還有賴於詩的技巧。詩寫得真率自然，自首至尾，好像是有淵明面對即將離去的老朋友披心暢談似的。一開頭就說：「相知何必舊，傾蓋定前言。」說得真率而又委婉。接着就暢談他們結識以來的情誼：「有客賞我趣，每每顧林園。談諧無俗調，所說聖人篇。或有數斗酒，閒飲自歡然。」淵明和老朋友談起話來，是那麼自在，無拘無束；用的語言也是那麼平易自然，接近口語。這樣寫來，多麼自然真率啊。這裏面也就呈現出淵明的熱情、坦率、真摯的性格。他不說舊遊常來訪，而說「有客賞我趣，每每顧林園。」多麼有風趣！這就又透露出淵明性格的另一面——幽默。

淵明這一片熱烈誠摯的深情，又那麼自然真率地表現出來，情真意切，娓娓而談，顯露出他的性格，使人感到特別親切，不能不被它所感動而難於忘卻。

如果說前面這一段的情調是熱烈明快的，那麼惜別送行這一段就顯得有些憂鬱而深沉。在表現方法上，前一段回憶他們過去的交遊，真摯自然而有風趣；後一段惜別送行，就比較含蓄，意義更為深遠。若論藝術感染力，則後一段比前一段更深化、更熱烈一些。

附三　朱自清說詩三篇

朱自清像

詩的語言

一、詩是語言

普通人多以為詩是特別的東西，詩人也是特別的人。於是總覺得詩是難懂的，對它採取乾脆不理的態度，這實在是詩的一種損失。其實，詩不過是一種語言，精粹的語言。

（一）詩先是口語

最初詩是口頭的，初民的歌謠即是詩，口詩的歌謠，是遠在記錄的詩之先的，現在的歌謠還是詩。今舉對唱的山歌為例：「你的山歌沒得我的山歌多，我的山歌幾籮筐。籮筐底下幾個洞，唱的沒有漏的多。」「你的山歌沒得我的山歌多，我的山歌牛毛多。唱了三年三個月，還沒唱完牛耳朵。」

兩邊對唱，此歇彼繼，有挑戰的意味，第一句多重複，這是詩；不過是較原始的形式。

（二）詩是語言的精粹

詩是比較精粹的語言，但並不是詩人的私語，而是一般人都可以了解的。如李白《靜夜思》：

床前明月光，疑是地上霜。
舉頭望明月，低頭思故鄉。

這四句詩很易懂。而且千年後仍能引起我們的共鳴。因為所寫的是「人」的情感，用的是公眾的語言，而不是私人的私語，孩子們的話有時很有詩味，如：

院子裏的樹葉已經巴掌一樣大了，爸爸甚麼時候回來呢？

這也見出詩的語言並非詩人的私語。

二、詩與文的分界

（一）形式不足盡憑

從表面看，似乎詩要押韻，有一定形式。但這並不一定是詩的特色。散文中有時有詩。詩中有時也有散文。

前者如：

歷覽前賢國與家，成由勤儉破由奢。（李商隱）

向你倨，你也不削一塊肉；向你恭，你也不長一塊肉。（傅斯年）

後者如：

暮春三月，江南草長，雜花生樹，群鶯亂飛。（丘遲）

我們最當敬重的是瘋子，最當親愛的是孩子，瘋子是我們的老師，孩子是我們的朋友。我們帶着孩子，跟着瘋子走向光明去。（傅斯年）

頌美黑暗。謳歌黑暗。只有黑暗能將這一切都消滅調和於虛無混沌之中。沒有了人，沒有了我，更沒有了世界。（冰心）

上面舉的例子，前兩個，雖是詩，意境卻是散文的。後三個雖是散文，意境卻是詩的。又如歌訣，雖具有詩的形式，卻不是詩。如：

平聲平道莫低昂，上聲高呼猛烈強，去聲分明哀遠道，入聲短促急收藏。

諺語雖押韻，也不是詩。如：

病來一大片，病去一條線。

（二）題材不足限制

題材也不能為詩、文的分界，「五四」時代，曾有一回「醜的字句」的討論。有人主張「洋樓」、「小火輪」、「革命」、「電報」……不能入詩；世界上的事物，有許多許多——無論是少數人的，或多數人所習聞的事物——是絕對不能入詩的。但他們並沒有從正面指出哪些字句是可以入詩的，而且上面所舉出的事物未嘗不可入詩。如邵瑞彭的詞：

電掣靈蛇走，雲開怪蜃沉，燭天星漢壓潮音，十美燈船，搖盪大珠林。

（《詠輪船》）

這能說不是「詩」嗎？

（三）美無定論

如果說「美的東西是詩」，這句話本身就有語病；因為不僅是詩要美，文也要美。

大概詩與文並沒有一定的界限，因時代而定。某一時代喜歡用詩來表現，某一時代卻喜歡用文來表現。如，宋詩之多議論，因為宋代散文發達；這種發議論的詩也是詩。白話詩，最初是抒情的成份多，而抗戰以後，則散文的成份多，但都是詩。現在的時候還是散文時代。

三、詩緣情

詩是抒情的。詩與文的相對的分別，多與語言有關。詩的語言更經濟，情感更豐富。達到這種目的的方法：

（一）暗示與理解

用暗示，可以從經濟的字句，表示或傳達出多數的意義來，也就是可以增加情感的強度。如辛稼軒的詞：

將軍百戰身名裂，向河梁，回頭萬里，故人長絕。易水蕭蕭西風冷，
滿座衣冠似雪。正壯士，悲歌未徹。

這詞是辛稼軒和他兄弟分別時作的，其中所引用的兩個別離的故事之間沒有橋樑；如果不懂得故事的意義，就不能把它們湊合起來，理解整個兒的意思，這裏需要讀者自己來搭橋樑，來理解它。又如朱熹的《觀書有感》：

半畝方塘一鑒開，天光雲影共徘徊。
問渠那得清如許，為有源頭活水來。

也完全是用暗示的方法，表示讀書才能明理。

（二）比喻與組織

從上段可以看出，用比喻是最經濟的辦法，一個比喻可以表達好幾層意思。但

讀詩時，往往會覺得比喻難懂。比喻又可分：

1、人事的比喻：比較容易懂。

2、歷史的比喻：（典故）比較難懂。

新詩中用比喻的例子，卞之琳《音塵》：

綠衣人熟稔的按門鈴，
就按在住戶的心上；
是游過黃海來的魚？
是飛過西伯利亞來的雁？
「翻開地圖看」這人說。
他指示我他所在的地方，
是那條虛線旁那個小黑點。
如果那是金黃的一點，
如果我的坐椅是泰山頂，

在月夜，我要猜你那兒，
準是一個孤獨的火車站。
然而我正對着一本歷史書，
西望夕陽裏的咸陽古道，
我等到了一匹快馬的蹄音。

在這首詩裏，作者將那個小黑點形象化，具體化，用了「魚」和「雁」的典故。又用了「泰山」和「火車站」作比喻，而「夕陽」「古道」，來自李白《憶秦娥》：「樂遊原上清秋節，咸陽古道音塵絕，音塵絕，西風殘照，漢家陵闕」，也是一種比喻，用古人的傷別的情感喻自己的情感。

詩中的比喻有許多是詩人自己創造出來的，他們從經驗中找出一些新鮮而別致的東西來作比喻的。如：

陳散原先生的「鄉縣醬油應染夢」，「醬油」亦可創造比喻。可見只要有才，新警的比喻是俯拾即是的。

四、組織

(一) 韻律

詩要講究音節，舊詩詞中更有人主張某種韻表示某種情感者，如周濟《宋四家詞選．敍論》：

> 陽聲字多則沉頓，陰聲字多則激昂，重陽間一陰，則柔而不靡，重陰間一陽，則高而不危。
> 東、真韻寬平，支、先韻細膩，魚、歌韻纏綿，蕭、尤韻感慨，各具聲響。

(二) 句式的復沓與倒置

因為詩是發抒情感的，而情感多是重複迂迴的，如古詩十九首：

行行重行行，與君生別離。
相去萬餘里，各在天一涯。
道路阻且長，會面安可知……

這幾句都表示同一意思——相隔之遠，可算一種復沓。句式的復沓又可分字重與意重。前者較簡單，後者較複雜。歌謠與故事亦常用復沓，因為復沓可以加強情調，且易於記誦。如李商隱詩：

君問歸期未有期，巴山夜雨漲秋池。
何當共剪西窗燭，卻話巴山夜雨時。

這也是復沓，但比較的曲折了。
新詩如杜運燮《滇緬公路》：

……路，永遠使我們興奮，
都來歌唱呵，
這是重要的日子，
幸福就在手頭。

看它，
風一樣有力，
航行綠色的田野，
蛇一樣輕靈，
從茂密的草木間盤上高山的背脊，
飄在雲流中，
而又鷹一般敏捷，
畫幾個優美的圓弧，
降落到箕形的溪谷，
傾聽村落裏安息前歡愉的匆促，
輕煙的朦朧中，

溢着親密的呼喚，
人性的温暖。
有時更懶散，
沿着水流緩緩走向城市，
而就在粗糙的寒夜裏，
荒冷向空洞，
也一樣負着全民族的食糧，
載重車的黃眼滿山搜索，
搜索着跑向人民的渴望；
沉重的橡皮輪不絕的滾動着，人民興奮的脈搏，
每一塊石子一樣，
覺得為勝利盡忠而驕傲！
微笑了，在滿足向微笑着的星月下面，
微笑了，在豪華的凱旋日子的好夢裏……

一方面用比喻使許多事物形象化，具體化；一方面寫全民族的情感，仍不離詩的復沓的原則，復沓的寫民族抗戰的勝利。

句式之倒置：在引起注意。如：

竹喧歸浣女。

(三) 分行

分行則句子的結構可以緊湊一點，可以集中讀者的邊際注意。詩的用字須經濟。如王維的：

大漠孤煙直，長河落日圓。

十字，是一幅好畫，但比畫表現得多，因為這兩句詩中的「直」「圓」是動的過程，畫是無法表現的。

五、傳達與了解

（一）傳達是不完全的

詩雖不如一般人所說的難懂，但表達時，不是完全的。如比喻，或用典時往往不能將意思或情感全傳達出來。

（二）了解也是不完全的

因為讀者讀詩時的心情，和周遭的情景，對讀者對詩的了解都有影響。往往因心情或情景的不同，了解也不同。

詩究竟是不是如一般人所說的帶有神秘性，有無限可能的解釋呢？這是很不容易回答的。但有一點可以說：我們不能離開字句及全詩的連貫去解釋詩。

在昆明西南聯合大學師範學院講，姚殿芳、葉兢耕記錄，《國文月刊》，一九四一年

詩多義舉例

了解詩不是件容易事，俞平伯先生在《詩的神秘》[1]一文中說得很透徹的。他所舉的「聲音訓詁」「大義微言」「名物典章」，果然都是難關；我們現在還想加上一項，就是「平仄黏應」，這在近體詩很重要而懂得的人似乎越來越少了。不過這些難關，全由於我們知識不足；大家努力的結果，知識在漸漸增多，難關也可漸漸減少——不過有些是永遠不能渡過的，我們也知道。所謂努力，只是多讀書，多思想。

就一首首的詩說，我們得多吟誦，細分析；有人想，一分析，詩便沒有了，其實不然。單說一首詩「好」，是不夠的，人家要問怎麼個好法，便非先做分析的工夫不成。譬如《關雎》詩罷，你可以引《毛傳》，說以雎鳩的「摯而有別」來比后妃之德，道理好。毛公原只是「章句之學」，並不想到好不好上去，可是他的方法是分析的，不管他的分析的結果切合原詩與否。又如金聖嘆評杜甫《閣夜》詩[2]，說前四句寫「夜」，後四句寫「閣」，「悲在夜」，「憤在閣」，不管說的怎麼破碎，他的方法也是分析的。從毛公《詩傳》出來的詩論，可稱為比興派；金聖嘆式的詩論，起源於南宋時，可稱為評點派。現在看，這兩派似乎都將詩分析得沒有了，然而一向他們很有勢力，很能起信，比興派尤然；就因為說得出個所以然，就因為分析的方法少不了。

語言作用有思想的、感情的兩方面：如說「他病了」，直敍事實，別無涵義，照字面解就夠，所謂「聲音訓詁」，屬於前者。但如說「他病得九死一生」，「九死一生」便不能照字直解，只是「病得很重」的意思，卻帶着強力的情感，所謂「大義微言」，屬於後者[3]。詩這一種特殊的語言，感情的作用多過思想的作用。單說思想的作用（或稱文義）吧，詩體簡短，拐彎兒說話，破句子，有的是，也就夠捉摸的；加上情感的作用，比喻、典故，變幻不窮，更是繞手。

還只有憑自己知識力量，從分析下手。可不要死心眼兒，想着每字每句每篇只有一個正解；固然有許多詩是如此，但是有些卻並不如此。不但詩，平常說話裏雙關的也盡有。我想起個有趣的例子。前年燕京大學抗日會在北平開過一爿金利書莊，是顧頡剛先生起的字號。他告訴我「金利」有四個意思：第一，不用說是財旺；第二，金屬西，中國在日本西，是說中國利；第三，用《易經》「二人同心，其利斷金」

的話；第四，用《左傳》「磨厲以須」的話，都指對付日本說。又譬如我本名「自華」，家裏給我起個號叫「實秋」，一面是「春華秋實」的意思，一面也因算命的說我五行缺火，所以取個半邊「火」的「秋」字。這都是多義。

回到詩，且先舉個小例子。宋黃徹《䂬溪詩話》裏論「作詩有用事（典故）出處，有造語（句法）出處」，如杜甫《秋興》詩之三「五陵衣馬自輕肥」，雖出《論語》，總合其語，乃范雲[4]「裘馬悉輕肥」。《論語．雍也》篇「乘肥馬，衣輕裘」，指公西赤的「富」面言；范雲句見於《贈張徐州謖》詩，卻指的張徐州的貴盛，與原義小異。杜甫似乎不但受他句法影響；他這首詩上句云，「同學少年多不賤」，原來他用「衣馬輕肥」也是形容貴盛的。改「裘」「馬」為「衣」「馬」，卻是他有意求變化。至於這兩句詩的用意，看來是以同學少年的得意反襯出自己的迂拙來。仇兆鰲《杜詩詳注》說，「曰『自輕肥』，見非己所關心」[5]。多義中有時原可分主從，仇兆鰲這一解照上下文看，該算是從意。至於前例，主意自然是「財旺」，因為誰見了那個字號，第一想到的總該是「財旺」。

多義也並非有義必收：搜尋不妨廣，取捨卻須嚴；不然，就容易犯我們歷來解詩諸家「斷章取義」的毛病。斷章取義是不顧上下文，不顧全篇，只就一章、一句甚至一字推想開去，往往支離破碎，不可究詰。我們廣求多義，卻全以「切合」為準；必須親切，必須貫通上下文或全篇的才算數。從前箋註家引書以初見為主，但也有一個典故引幾種出處以資廣證的。不過他們只舉其事，不述其義；而所舉既多簡略，又未必切合。所以用處不大。去年暑假，讀英國 Empson 的《多義七式》（*Seven Types of Ambiguity*），覺着他的分析法很好。可以試用於中國舊詩。現在先選四首膾炙人口的詩作例子；至於分別程式，還得等待高明的人。

一、古詩一首

行行重行行，與君生別離。
相去萬餘里，各在天一涯。
道路阻且長，會面安可知。
胡馬依北風，越鳥巢南枝。
相去日已遠，衣帶日已緩。
浮雲蔽白日，遊子不顧反。

思君令人老，歲月忽已晚。
棄捐勿復道，努力加餐飯。

胡馬依北風，越鳥巢南枝。

一、《文選》李善註引《韓詩外傳》曰：「詩曰『代馬依北風，飛鳥棲故巢』，皆不忘本之謂也。」

二、徐中舒《古詩十九首考》6：「《鹽鐵論．未通》篇：『故代馬依北風，飛鳥翔故巢，莫不哀其生。』」

三、又：「《吳越春秋》：『胡馬依北風而立，越燕望海日而熙，同類相親之意也。』」

四、張庚《古詩十九首解》：「一以緊承上『各在天一涯』，言北者自北，南者自南，永無相見之期。」

五、又：「以依北者北，巢南者南，凡物各有所託。遙伏下思君云云，見己之身心，惟君子是託也。」

六、又：「三以依北者不思南，巢南者不思北，凡物皆戀故土，見遊子當返，以起下『相去日已遠』云云。」

照近年來的討論，《古詩十九首》作於漢末之說比較可信些，那麼便在《吳越春秋》之後了。前三義都可採取。比喻的好處就在彈性大；像這種典故，因經過多人引用，每人略加變化，更是涵義多。一但這個典故的涵義，當時已然飽和，所以後人用時得大大改樣子：像陶淵明《歸園田居》裏的「羈鳥戀舊林，池魚思故淵」，以「返自然」的意思為主，面目就不同。陶以後大概很少人用這種句法了。——本詩中用這個典故，也有點新變化，便是屬對工整。(六)的「戀故土」，原也是「不忘本」的一種表現。但下文所說，確定本詩是居者之辭，這一層以後還須討論。(四)、(五)以胡馬越鳥表分居南北之意。但(一)、(二)、(三)看，這兩件事原以比喻一個理；所以要用兩件事，為的是份量重些，駢語的氣勢也好些，諸子中便常有這種句法。(四)、(五)兩說，違背古來語例，不足取。

相去日已遠，衣帶日已緩。

一、《古樂府歌詩》[7]：「……胡地多飈風，樹木何修修。離家日趨遠，衣帶日趨緩。心思不能言，腸中車輪轉。」

二、張《解》：「『相去日已遠』以下言久也。……『遠』字若作『遠近』之『遠』，與上文『相去萬餘里』復矣。惟相去久，故思亦久，以致衣帶緩。帶緩伏下『加餐』。」

《古樂府歌詩》不知在本詩前後；若在前，「離家」二句也許是「相去」二句所從出。那麼從「胡地」句一直看下去，本詩是行者之辭了。但因下文「思君令人老」二句，又覺得不必然，詳後。「相去」句若從「離家」句出來，「遠」字自然該指「遠近」；可是張解也頗切合，「遠」字也許是雙關，與下文「歲月忽已晚」句呼應。不過主意還該是「遠近」罷了。至於與「相去萬餘里」重複，卻毫不足為病。復沓原是古詩技巧之一；而此處更端另起，在文義和句法上復沓一下，也可以與上文扣得緊些。「帶緩伏下『加餐』」，容後再論。

浮雲蔽白日，遊子不顧反。

一、《文選》李善註：「浮雲之蔽白日，以喻邪佞之毀忠良，故遊子之行，不顧反也。《古楊柳行》曰：『讒邪害公正，浮雲蔽白日。』義與此同也。」

二、劉履《選詩補注》：「遊子所以不復顧念還返者，第以陰邪之臣上蔽於君，使賢路不通，猶浮雲之蔽白日也。」

三、朱筠河《古詩十九首說》（徐昆筆述）：「浮雲二句，忠厚之極。『不顧返』者，本是遊子薄倖，不肯直言，卻託諸浮雲蔽日。言我思子而不思歸，定有讒人間之，不然，胡不返耶？」

四、張《解》：「此臣不得於君而寓言於遠別寓也。……白日比遊子，浮雲比讒間之人。……見遊子之心本如白日，其不思返者，為讒人間之耳。」

四說都以「浮雲蔽日」為比喻，所據的是《古楊柳行》，今已佚。而（一）、（二）以本詩為行者（逐臣）之辭，（三）、（四）卻以為居者（棄妻）之辭。浮雲蔽日是比而不是賦，大約可以相信。與古詩時代相去不久的阮籍《詠懷》詩中有云：「單帷蔽皎日，高樹隔微聲，讒邪使交疏，浮雲令晝暝。」徐中舒先生《古詩考》裏說也是用的《古楊柳行》的意思，可見《古楊柳行》不是一首生僻的樂府，本詩引用其語，是可能的。固然，我們還沒有確證，說這首樂府的時代比本詩早；不過就句意說，樂府顯而本詩晦。自然以晦出於顯為合理些。解為逐臣之辭，在本詩也可貫通；但古詩別首似乎就沒有用「比興」的，因此此解還不一定切合。——《涉江採芙蓉》一首全用《楚辭》[8]，也許有點逐臣的意思，但那是有意隱括，又當別論。

解為棄妻之辭，因「思君令人老」一句的關係，可得《冉冉孤生竹》一首作旁證，又「遊子」句與《青青河畔草》的「蕩子行不歸」相彷彿，也可參考，似乎理長些。那麼，「浮雲蔽日」所比喻的，也將因全詩解法不同而異。

思君令人老，歲月忽已晚。

一、《古詩》之八《冉冉孤生竹》有云：「思君令人老，軒車來何遲。……君亮執高節，賤妾亦何為。」張《解》：「身固未嘗老，思君致然，即《詩》所謂『維憂用老』也。」

二、朱《說》：「『思君令人老』，又不止於衣帶緩矣。『歲月忽已晚』，老期將至，可堪多少別離耶！」

三、張《解》：「思君二句承衣帶緩來；已之憔悴，有似於老，而實非衰殘，只因思君使然。然屈指從前歲月，亦不可不云晚矣。」

《冉冉孤生竹》明是棄婦之辭，其中「思君令人老」一句，可以與本詩參證。「維憂用老」是《小雅．小弁》詩語。《小弁》詩的意思還不能確說，朱熹以為是周幽王太子宜臼被逐而作；那麼與本詩「逐臣」一解，便有關聯之處。但《冉冉孤生竹》

裏「思君」一句，雖用此語（直接或間接），卻只是斷章取義；本詩用它或許也是這樣。想以此證本詩為逐臣之辭，是不夠的。「歲月晚」，（二）、（三）都解為久，與上文「相去日已遠」「思君令人老」呼應，原也切合；但主意怕還近於《東城高且長》中「歲暮一何速」一句。杜甫《送遠》詩有「草木歲月晚」語，仇兆鰲註正引本詩，可供旁參。

棄捐勿復道，努力加餐飯。

一、朱《說》：「日月易邁，而甘心別離，是君之棄捐我也。『勿復道』是決詞，是很語……下卻轉一語曰：『努力加餐飯』，恩愛之至，有加無已，真得《三百篇》遺意。」

二、張《解》：「棄捐二句……言相思無益，徒令人老，曷若棄捐勿道，且『努力加餐』庶幾留得顏色，以冀他日會面也。」

俞平伯先生以陸士衡擬作中「去去遺情累」，及他詩中類似的句子證明棄捐句當從張解。這是主動、被動的分別，是個文法習慣問題。至於「努力加餐飯」，張以為就是那衣帶緩的棄婦（張以為比喻逐臣），卻不是的。蔡邕（？）《飲馬長城窟行》末云：「長跪讀素書，書中竟何如？上有『加餐食』，下有『長相憶』。」可見「加餐食」是勉人的話，——直到現在，我們寫信偶然還用。《史記．外戚世家》：「〔衛〕子夫上車，平陽主拊其背曰：『行矣，強飯，勉之；即貴毋相忘。』」「強飯」與「加餐食」同意。——解作自敍，是不切合的。

二、陶淵明《飲酒》一首

結廬在人境，而無車馬喧。
問君何能爾？心遠地自偏。
採菊東籬下，悠然見南山。
山氣日夕佳，飛鳥相與還。
此中有真意，欲辯已忘言。

結廬在人境，而無車馬喧。
問君何能爾？心遠地自偏。

王康琚《反招隱》詩云：「小隱隱陵藪，大隱隱朝市；伯夷竄首陽，老聃伏柱史。」淵明之隱，在此二者之外另成一新境界。但《莊子．讓王》：「中山公子牟謂瞻子曰：『身在江海之上，心居乎魏闕之下，奈何！』」淵明或許反用其意，也未可知。後來謝靈運《齋中讀書》詩云：「昔余遊京華，未嘗廢丘壑。矧乃歸山川，心跡雙寂寞。」跡寄京華，心存丘壑，反用《莊子》語意，可為旁證。但陶詠的是境因心遠而不喧，與謝的跡喧心寂還相差一間。

採菊東籬下。

吳淇《選詩定論》說：「採菊二句，俱偶爾之興味。東籬有菊，偶爾採之，非必供下文佐飲之需。」這大概是古今之通解。淵明為甚麼愛菊呢？讓他自己說：「芳菊開林耀，青松冠岩列；懷此貞秀姿，卓為霜下傑。」（《和郭主簿》之二）我們看鍾會的《菊賦》：「故夫菊有五美焉……冒霜吐穎，象勁直也。……」可見淵明是有所本的。但鍾會還有「流中輕體，神仙食也」一句，菊花是可以吃的。淵明自己便吃，《飲酒》之七云：「秋菊有佳色，裛露掇其英；泛此忘憂物，遠我遺世情。」可見是一面賞玩，一面也便放在酒裏喝下去。這也有來歷，「泛流英於清醴，似浮萍之隨波。」見於潘尼《秋菊賦》。喝菊花酒也許還有一定的日子。淵明《九日閒居》詩序：「秋菊盈園而持醪靡由，空服九華。」詩裏也說：「酒能祛百慮，菊解制頹齡……塵爵恥虛罍，寒花徒自榮。」似乎只吃花而沒喝酒，很是一樁缺憾。這個風俗也早有了。魏文帝《九日與鍾繇書》裏說：「至於芳菊，紛然獨榮。非夫含乾坤之純和，體芬芳之淑氣，孰能如此。故屈平悲冉冉之將老，思『餐秋菊之落英』。輔體延年，莫斯之貴。謹奉一束，以助彭祖之術。」再早的崔寔《四民月令．九月》也記着「九日可採菊花」的話。照這些情形看，本詩的「採菊」，也許就在九日，也許是「供佐飲之需」；這種看法，在今人眼裏雖然有些煞風景，但是很可能的。九日喝菊花酒，在古人或許也是件雅事呢。

此中有真意，欲辯已忘言。

一、《文選》李善《注》：「《楚辭》曰：『狐死必首丘，夫人孰能反其真情？』王逸《注》曰：『真，本心也。』」

二、又：「《莊子》曰：『言者，所以在意也，得意而忘言。』」

三、古直《陶靖節詩箋》：「《莊子．齊物論》：『辯也者，有不辯也。』『大辯不言。』」

淵明《始作鎮軍參軍經曲阿作》云：「目倦川塗異，心念山澤居。望雲慚高鳥，臨水愧游魚。真想初在襟，誰謂形跡拘。聊且憑化遷，終返班生廬。」「真意」就是「真想」；而「真」固是「本心」，也是「自然」。《莊子．漁父》：「禮者，世俗之所為也。真者，所以受於天也，自然不可易也。故聖人法天貴真，不拘於俗。愚者反此，不能法天而恤於人，不知貴真，祿祿而受變於俗，故不足。」淵明所謂「真」，當不外乎此。

三、杜甫《秋興》一首

昆明池水漢時功，武帝旌旗在眼中。
織女機絲虛夜月，石鯨鱗甲動秋風。
波漂菰米沉雲黑，露冷蓮房墜粉紅。
關塞極天惟鳥道，江湖滿地一漁翁。

《秋興》：

一、錢謙益《箋注》：「殷仲文（《南州桓公九並作》）詩云：『獨有清秋日，能使高興盡。』」

二、又：「潘岳《秋興賦》序云：『於時秋也，遂以名篇。』」

三、仇兆鰲《注》：「黃鶴、單復俱編在〔代宗〕大歷元年……〔時〕在夔州。」

（一）、（二）都只說明詩題的來歷，杜所取的當只是「利興」的文義而已。

昆明池水漢時功，武帝旌旗在眼中。

一、錢《箋》：「《西京雜記》：『昆明池中有戈船、樓船各數百艘。樓船上建樓櫓，戈船上建戈矛，四角悉垂幡旄，旍葆麾蓋，照灼涯涘。余少時猶憶見之。』」

二、錢《箋》：「舊箋謂借漢武以喻玄宗，指（《兵車行》）『武皇開邊』為證。玄宗雖興兵南詔，未嘗如武帝穿昆明以習戰，安得有『旌旗在眼』之語？……今謂『昆明』一章緊承上章『秦中自古帝王州』一句而申言之。」「漢朝形勝莫壯於昆明，故追隆古則特舉『昆明』，曰『漢時』，曰『武帝』，正克指『自古帝王』也。此章蓋感嘆遺蹟，企想其妍麗，而自傷遠不得見。」

三、仇《注》：「此云『旌旗在眼』，是借漢言唐。若遠談漢事，豈可云『在眼中』乎？公《寄岳州賈司馬》詩：『無復雲台仗，虛修水戰船。』則知明皇曾置船於此矣。」

玄宗既無修水戰船之事，《寄岳州賈司馬》詩「虛修」一語，只是「未修」之意。仇以此註本詩，卻又以本詩註《寄賈司馬》詩，明是丐詞。《兵車行》「武皇開邊」一語，上下文都詠時事，確是借喻，與本詩不同。錢義自長，但說本詩緊承上章，卻未免太看重連章體了。中國詩連章體，除近人所作外，就沒有真正意脈貫通的；解者往往以己意穿鑿，與「斷章取義」同為論詩之病。其實若只用「秦中」句做本詩註腳，倒是頗切合的。又仇論「在眼中」一語，也太死，不合實際情形。

織女機絲虛夜月，石鯨鱗甲動秋風。

一、錢《箋》：「《漢宮闕疏》：『昆明池有二石人牽牛織女象。』《西京雜記》：『昆明池刻玉石為魚。每至雷雨，魚常鳴吼，鬐尾皆動。』」

二、楊慎《升庵詩話》：「隋任希古《昆明池應制詩》曰：『回眺牽牛渚，激賞鏤鯨川。』便見太平宴樂氣象。今一變云：『織女……秋風』，讀之則荒煙野草之悲見於言外矣。」

三、錢《箋》：「〔楊〕亦強作解事耳。敍昆明之勝者，莫如孟堅（《西都賦》）、平子（《西京賦》）。一則曰：『集乎豫章之館，臨乎昆明之池，左牽牛而右織女，若雲漢之無涯。』一則曰：『豫章珍館，揭焉中峙，牽牛立其左，織女處其右，日月於是乎出入，象扶桑與濛汜。』此用修（慎）所誇盛世之文也。余謂班、張以漢人敍漢事，鋪陳名勝，故有雲漢日月之言，公以唐人敍漢事，摩挲陳跡，故有機絲夜月之詞，此立言之體也。何謂彼頌繁華而此傷喪亂乎？」

四、仇《注》：「織女二句記池景之壯麗。」

「喪亂」指長安經安史之亂而言。錢說引了班、張賦語，杜的「摩挲陳跡」，才確實覺得有意義。但「夜月」、「秋風」等固然是實寫秋意，確也令人有「荒煙野草之悲」。專取錢說，不顧杜甫作詩之時，未免有所失；不如以秋意為主，而以錢、楊二義從之。至於仇說的「壯麗」，卻毫無本句及上下文的根據。

波漂菰米沉雲黑，露冷蓮房墜粉紅。

一、錢《箋》：「《西京賦》：『昆明靈沼，黑水玄阯。』〔李〕善曰：『水色黑，故曰玄阯也。』」

二、仇《注》：「鮑照（《苦雨》）詩：『沉雲日夕昏。』」

三、仇《注》：「王褒（《送劉中書葬》）詩：『塞近邊雲黑。』」

四、錢《箋》：「趙〔次公〕《注》曰：『言菰米之多，黯黯如雲之黑也。』」

五、錢《箋》：「昌黎《曲江荷花行》云：『問言何處芙蓉多，撐舟昆明渡雲錦。』註云：『昆明池周回四十里，芙蓉之盛，如雲錦也。』」

六、《升庵詩話》：「《西京雜記》云：『太液池中有雕菰，紫籜綠節，鳧雛雁子，唼喋其間。』《三輔黃圖》云：『宮入泛舟採蓮，為巴人棹歌』，便見人物遊嬉，宮沼富貴。今一變云：『波漂……粉紅』，讀之則菰米不收而任其沉，蓮房不採而任其墜，兵戈亂離之狀具見矣。」

七、錢《箋》：「菰米蓮房，補班、張鋪敍所未見。『沉雲』、『墜粉』，描畫索秋景物，居然金碧粉本。昆池水黑……菰米沉沉，象池水之玄黑，極言其繁殖也。用修言……不已倍乎！」

八、仇《注》：「菰米蓮房，逢秋零落，故以興己之漂流衰謝耳。」

錢解上句，合李、趙為一，正是所謂多義，但趙義自是主；鮑、王詩也當參味。

楊引《西京雜記》、《三輔黃圖》語，全與昆明無涉，所說「一變」，自不足信。但「漂」、「沉」、「黑」、「露冷」、「墜粉紅」等狀，雖不見「兵戈亂離」，卻也夠荒涼寂寞的。這自然也是以寫秋意為主，但與《哀江頭》裏的「細柳新蒲為誰綠」，有彷彿的味道。仇說「菰米蓮房，蓬秋零落」，詩中只說蓮房零落，菰米卻盛。他又說杜「以興己之漂流衰謝」，照上下文看，詩還只說到長安，隔着夔州還「關塞極天」，如何能「興」到他自己身上去！

關塞極天惟鳥道，江湖滿地一漁翁。

一、《史記．貨殖列傳》：「范蠡……乃乘扁舟，浮於江湖。」

二、陶淵明《與殷晉安別》詩：「江湖多賤貧。」

三、仇《注》：「陳澤州註：『江』即『江間破浪』（見《秋興》第一首），帶言『湖』者，地勢接近，將趕荊南也。」

四、浦起龍《讀杜心解》：「『江湖滿地』，猶言漂流處處也。」

五、仇《注》：「傅玄（《牆上難為趨行》）詩：『渭濱漁釣翁，乃為周所咨』。」

六、錢《箋》：「二句正寫所思之況：『關塞極天』，豈非風煙萬里（見原第六首），『滿地一漁翁』，即信宿泛泛之漁人（見原第三首）耳，上下俯仰，亦『在眼中』。謂公自指『一漁翁』則陋。」

七、仇《注》：「陳澤州註：公詩『天入滄浪一釣舟』，『獨把釣竿終遠去』，皆以漁翁自比。」

八、仇《注》：「身阻鳥道而跡比漁翁，以見還京無期，不復睹王居之盛也。」

九、楊倫《杜詩鏡銓》：「『極天』、『滿地』，乃俯仰興懷之意。」

陳解「江湖」太破碎，當兼用陶詩《史記》義；但他證明「漁翁」乃甫自指，卻切實可信。錢說「漁翁」就是原第三首的「漁人」，空泛無據。傅玄詩意，或者帶一點兒。錢、仇讀下句，似乎都在「湖」字一頓，與上句上四下三不同；但這一聯還在對偶，照浦《解》「滿地」屬上讀更自然。「滿地」即滿處走之意，屬上屬下原都成，也是個文法問題；但屬上讀，聲調整齊些，屬下讀，聲調有變化些。楊倫語也不切，但「俯仰興懷」關合天地卻好。至於仇說「不復睹王居之盛」，和錢說「感嘆遺蹟，企想其妍麗，而自傷遠不得見」，倒是大致相同；不過照上面所討論，我想說，「不復睹王居」，「感嘆遺蹟，而自傷遠不得見」，怕要切合些；而這兩層也得合在一起說才好。

四、黃魯直《登快閣》一首

癡兒了卻公家事，快閣東西倚晚晴。
落木千山天遠大，澄江一道月分明。
朱弦已為佳人絕，青眼聊因美酒横。
萬里歸船弄長笛，此心吾與白鷗盟。

快閣

一、史容《山谷外集注》：「快閣在太和。」

二、高步瀛《唐宋詩舉要》：「清《一統志》：『江西吉安府：快閣在太和縣治東澄江之上，以江山廣遠，景物清華，故名。』」

三、《年譜》列此詩於神宗元豐六年（西元一零八三）下，時魯直知吉州太和縣。

癡兒了卻公家事，快閣東西倚晚晴。

《晉書．傅咸傳》：「〔楊〕駿弟濟素與咸善，與咸書曰：『江海之流混混，故能成其深廣也。天下大器，非可稍了，而相觀每事欲了。生子癡，了官事，官事未易了也；了事正作癡，復為快耳。』」這是勸咸「官事」不必察察為明，麻糊點辦得了，裝點兒傻自己也痛快的。這兩句單從文義上看，只是說麻麻糊糊辦完了公事，上快閣看晚晴去。但魯直用「生子癡，了官事」一典，卻有四個意思：一是自嘲，自己本不能了公事；二是自許，也想大量些，學那江海之流，成其深廣，不願沾滯在了公事上；三是自放，不願了公事，想回家與「白鷗」同處；四是自快，了公事而登快閣，更覺出「閣」之為「快」了。

落木千山天遠大，澄江一道月分明。

一、杜甫《登高》詩：「無邊落木蕭蕭下。」

二、李白《金陵城西樓月下吟》：「金陵夜寂涼風發，獨上高樓望吳越。……月下沉吟久不歸，古今相接眼中稀。解道『澄江淨如練』，令人長憶謝玄暉。」

三、周季風《山谷先生別傳》：「木落江澄，本根獨在，有顏子克復之功。」

「澄江」變為江名，怕是後來的事。不引謝朓而引李白，一則因李詠月下景，與下句合，二則「古今」句詠知音難得，就是下文「朱弦」一聯之主意，魯直大概也是「獨上」，與李不無同感。知道李白這首詩，本聯與下一聯之間才有脈絡可尋，不然，前後兩截，就覺着鬆懈些。周說是從這兩句也可以見出魯直胸襟遠大，分明有仁者氣象，詩有時確是可以觀人的；不過一定說「有顏子克復之功」，便不免理學套語。

朱弦已為佳人絕，青眼聊因美酒橫。

一、《禮記．樂記》：「清廟之瑟，朱弦而疏越（瑟底孔），一唱而三嘆，有遺音者矣。」

二、《呂氏春秋．本味》篇：「伯牙鼓琴，鍾子期聽之。方鼓琴而志在太山，鍾子期曰：『善哉乎鼓琴，巍巍乎若太山。』少選之間而志在流水，鍾子期又曰：『善哉乎鼓琴，湯湯乎若遭水。』鍾子期死，伯牙破琴絕弦，終身不復鼓琴，以為世無足復為鼓琴者。」

三、史《注》：「用鍾期、伯牙事，不知謂誰。」

四、漢武帝《秋風辭》：「懷佳人兮不能忘。」《文選》六臣註：「佳人，謂群臣也。」

五、趙彥博《今體詩鈔注略》：「按公《懷李德素》詩：『古來絕朱弦，蓋為知音者。』」

六、紀昀《瀛奎律髓刊誤》：「此佳人乃指知音之人，非婦人也。」

七、《唐宋詩舉要》：「《晉書．阮籍傳》曰：『籍又能為青白眼。嵇喜來吊，籍作白眼，喜不懌而退。喜弟康聞之，乃賫酒挾琴造焉。籍大悅，乃見青眼。』」

上句用子期、伯牙故事，自然是主意；但「朱弦」影帶「一唱三嘆有遺音」之意，兼示伯牙琴音之妙，關合這故事的前一半。史說「不知謂誰」，是以為「佳人」實有所指；而這個人或已死，或遠離，都可能的。但魯直也許斷章取義，只用「世無足復為鼓琴者」一語，以示鍾期已往，世無知音；所謂「佳人」，便指的鍾期自己。這麼着，他似乎是說，琴弦已為鍾期而絕，今世哪裏會有知音呢？青眼的故事與琴和酒都有關合處；魯直也許是說嵇康的《廣陵散》已絕[9]，世無可加「青眼」之人，「青眼」只好加到美酒上罷了。這兩句也許是登臨時遐想，也許還帶着記事，就是「且喝酒」之意。

萬里歸船弄長笛，此心吾與白鷗盟。

一、馬融《長笛賦》：「可以……寫神喻意……溉盥污穢，澡雪垢滓矣。」

二、伏滔《長笛賦》：「……近可以寫情暢神……窮足以怡志保身。」

三、《列子．黃帝》篇：「海上之人有好鷗鳥者，每旦之海上，從鷗鳥游。鷗鳥之至者，百住（音數）而不止，其父曰：『吾聞鷗鳥皆從汝游，汝取來吾玩之。』明日之海上，鷗鳥舞而不下也。故曰至言去言，至為無為；齊智之所知，則淺矣。」

四、夏竦《題睢陽》詩：「忘機不管人知否，自有沙鷗信此心。」

魯直是洪州分寧縣人，去太和甚近，而說「萬里歸船」，不免膚廓；此當是杜甫影響，因為甫喜歡用「百年」「萬里」等大字眼，但他用得合式。兩句以思歸隱結，本是熟套。「弄長笛」似乎節取馬、伏兩賦義，與歸船相連，卻算新意思；「白鷗盟」之「盟」，也似乎未經人道。「此心」即「心」，「此」字別無涵義；心與鷗盟，即慕「無為」。思「忘機」，輕「齊智」（庸俗之人），鄙官事之意，與全篇都有照應。

註釋

1 《雜拌兒之二》。

2 《唱經堂杜詩解》。

3 參看李安宅編《意義學》中論「意義之意義」一節。

4 原作「潘岳」，誤。

5 錢謙益《箋注》：「旋觀『同學少年』、『五陵衣馬』，亦『漁人』、『燕子』（均見原詩）之儔侶耳，故以『自輕肥』薄之。」

6 《國立中山大學語言歷史研究所週刊》六十五期。

7 《太平御覽》卷二十五。

8 此俞平伯先生說。

9 《晉書．嵇康傳》：「康將刑東市……顧視日影，索琴彈之，曰：『昔袁孝尼嘗從吾學《廣陵散》，吾每靳固之；《廣陵散》於今絕矣。』」

陶詩的深度——評古直《陶靖節詩箋定本》

註陶詩的，南宋湯漢是第一人。他因為《述酒》詩「直吐忠憤」，而「亂以廋詞，千載之下，讀者不省為何語」，故加箋釋。「及他篇有可發明者，亦並著之。」[1]所以《述酒》之外，註的極為簡略。後來有李公煥的《箋注》，比較詳些；但不止箋註，還採錄評語。這個本子通行甚久；直到清代陶澍的《靖節先生集》止，各家註陶，都跳不出李公煥的圈子。陶澍的《靖節先生年譜考異》，卻是他自力的工作。歷來註家大約總以為陶詩除《述酒》等二三首外[2]，文字都平易可解，用不着再費力去作註；一面趣味便移到字句的批評上去，所以收了不少評語。評語不是沒有用，但夾雜在註裏，實在有傷體例；仇兆鰲《杜詩詳注》為人詬病，也在此。註以詳密為貴；密就是密切、切合的意思。從前為詩文集作註，多只重在舉出處，所謂「事」；但用「事」的目的所謂「義」，也當同樣看重。只重「事」，便只知找最初的出處，不管與當句當篇切合與否；兼重「義」才知道要找那些切合的。有些人看詩文，反對找出處；特別像陶詩，似乎那樣平易，給找了出處倒損了它的天然。鍾嶸也曾從作者方面說過這樣的話；但在作者方面也許可以這麼說，從讀者的了解或欣賞方面說，找出作品字句篇章的來歷，卻一面教人覺得作品意味豐富些，一面也教人可以看出哪些才是作者的獨創。固然所能找到的來歷，即使切合，也還未必是作者有意引用；但一個人讀書受用，有時候卻便在無意的浸淫裏。作者引用前人，自己盡可不覺得；可是讀者得給搜尋出來，才能有充分的領會。古先生《陶靖節詩箋定本》用昔人註經的方法註陶，用力極勤；讀了他的書才覺得陶詩並不如一般人所想的那麼平易，平易裏有的是「多義」。但「多義」當以切合為準，古先生書卻也未必全能如此，詳見下。

從《古箋定本》引書切合的各條看，陶詩用事，《莊子》最多，共四十九次；《論語》第二，共三十七次；《列子》第三，共二十一次。曾用吳瞻泰《陶詩匯注》及陶澍註本比看，本書所引為兩家所無者，共《莊子》三十八條，《列子》十九條；至於引《論語》處兩家全未註出。當時大約因為這是人人必讀書，所以從略。這裏可以看出古先生爬羅剔抉的工夫；而《列子》書向不及《莊子》烜赫，陶詩引《列子》竟有這麼多條，尤為意料所不及。沈德潛說：「晉人詩曠達者徵引《老》、《莊》，繁縟者徵引班、揚，而陶公專用《論語》。漢人以下宋人以前，可推聖門弟子者淵明也。」[3]照本書所引，單是《莊子》便已比《論語》多；再算上《列子》，兩共七十次，超過《論語》一倍有餘。那麼，沈氏的話便有問題了。歷代論陶，大約六朝到北宋，多以為「隱逸詩人之宗」，南宋以後，他的「忠憤」的人格才擴大了。本來《宋書》本傳已說他「恥復屈身異代」等等[4]。經了真德秀諸人重為品題[5]，加上湯漢的註本，淵明的二元的人格才確立了。但是淵明的思想究竟受道家影響多，還是受儒家影響多，似乎還值得討論。沈德潛以多引《論語》為言，考淵明引用《論語》諸處，除了字句的蹈襲，不外「游好在六經」，「憂道不憂貧」兩個意思[6]。這裏六經自是儒家典籍，固窮也是儒家精神，只是「道」是甚麼呢？淵明兩次說「道喪向千載」[7]，但如何才叫做「道喪」，我們可以看《飲酒》詩第二十云：「羲農去我久，舉世少復真。汲汲魯中叟，彌縫使其淳。」「真」與「淳」都不見於《論語》[8]。甚麼叫「真」呢？我們可以看《莊子．漁父篇》云：

真者，所以受於天也，自然不可易也。故聖人法天貴真，不拘於俗。

「真」就是自然。「淳」呢？《老子》五十八章：「其政悶悶，其民淳淳」，王弼註云：

> 言善治政者無形無名，無事無政可舉，悶悶然卒至於大治，故曰「其政悶悶」也。其民無所爭競，寬大淳淳，故曰「其民淳淳」也。

陶《勸農》詩云：「悠悠上古，厥初生民，傲然自足，抱樸含真。」《感士不遇賦》云：「……抱樸守靜，君子之篤素。自真風告逝，大偽斯興。……」「抱樸」也是《老子》的話[9]。也就是「淳」的一面。「真」和「淳」都是道家的觀念，而淵明卻將「復真」「還淳」的使命加在孔子身上；此所謂孔子學說的道家化，正是當時的趨勢[10]。所以陶詩裏主要思想實在還是道家。又查慎行《詩評》論《歸田園居》詩第四云：「先生精於釋理，但不入社耳。」此指「人生似幻化，終當歸空無」二語。但本書引《列子》、《淮南子》解「幻化」、「歸空無」甚確，陶詩裏實在也看不出佛教影響。

陶詩裏可以確指為「忠憤」之作者，大約只有《述酒》詩和《擬古》詩第九。

《述酒》詩「廋詞」太多，古先生所箋可以說十得六七，但還有不盡可信的地方，——比湯註自然詳密得遠了。《擬古》詩第九怕只是泛說，本書以為「追痛司馬休之之敗」，卻未免穿鑿。至於《擬古》詩第三、第七，《雜詩》第九、第十一，《讀山海經》詩第九，本書也都以史事比附，文外懸談，毫不切合，難以起信。大約以「忠憤」論陶的，《述酒》詩外，總以《詠荊軻》、《詠三良》及《擬古》詩、《雜詩》助成其說。湯漢說：「三良與主同死，荊軻為主報仇，皆託古以自見。」其實「三良」與「荊軻」都是詩人的熟題目：曹植有《三良詩》，王粲《詠史》詩也詠「三良」；阮瑀有《詠史》詩二首，詠「三良」及荊軻事。淵明作此二詩，不過老實詠史。未必別有深意。真德秀、湯漢又以《擬古》詩第八「首陽」、「易水」為說；但還只是偶爾斷章取義。劉履作《選詩補注》乃云：「凡靖節退休後所作之詩，類多悼國傷時託諷之詞。然不欲顯斥。故以『擬古』、『雜詩』等目名其題」，二十一篇詩就全變成「忠憤」之作了。到了古先生，更以史事枝節傅會，所謂變本加厲。固然這也有所本，《詩毛傳鄭箋》可以說便是如此；但毛、鄭所引史實大部份豈不也是不切合的！以上這些詩，連《述酒》在內，歷來並不認為是淵明的好詩。朱熹雖評《詠荊軻》詩「豪放」，但他總論陶詩，只說：「平淡出於自然」，他所重的還是「蕭散沖澹之趣」[11]，便是那些田園詩裏所表現的。田園詩才是淵明的獨創；他到底還是「隱逸詩人之宗」，鍾嶸的評語沒有錯。朱熹又說：「陶欲有為而不能者也」，這卻有些對的。《雜詩》第五云：「憶我少壯時，無樂自欣豫。猛志逸四海，騫翮思遠翥。」《飲酒》詩第十六及《榮木》詩也以「無成」、「無聞」為恨。但這似乎只是少壯時偶有的空想，他究竟是「少無適俗韻，性本愛丘山」的人。

鍾嶸說陶詩「源出於應璩，又協左思風力」。應璩詩存者太少，無可參證。游國恩先生曾經想在陶詩字句裏找出左思的影響[12]。他所找出的共有七聯，其中左思《招隱》詩：「杖策招隱士，荒塗橫古今」，確可定為淵明《和劉柴桑》詩「山澤久見招」、「荒途無歸人」二語所本，「聊欲投吾簪」確可定為淵明《和郭主簿》詩第一「聊用忘華簪」所本。本書所舉卻還有左思《詠史》詩「寂寂揚子宅」（為淵明《飲酒》詩「寂寂無行跡」所本），「寥寥空宇中」（為淵明《癸卯歲十二月中作》「蕭索空宇中」所本），「遺烈光篇籍」（為同上「歷覽千載書，時時見遺烈」所本），及《雜詩》「高志局四海」（為淵明《雜詩》「猛志逸四海」所本）四句。不過從本書裏看，左思的影響並不頂大；陶詩意境及字句脫胎於《古詩十九首》的共十五處，字句脫胎於嵇康詩賦的八處，脫胎於阮籍《詠懷》詩的共九處。

那麼《詩品》的話就未免不賅不備了。但就全詩而論，蹈襲前人的地方究竟不多；他用散文化的筆調，卻能不像「道德論」而合乎自然，才是特長。這與他的哲學一致。像「結廬在人境，而無車馬喧」，「人生歸有道，衣食固其端。孰是都不營，而以求自安」[13]，都是從前詩裏不曾有過的句法；雖然他是並不講甚麼句法的。

本書頗多勝解。如《命子》詩「既見其生，實欲其可」的「可」字，註家多忽略過去，本書卻證明「題目入以『可』字，乃晉人之常。」[14]《和劉柴桑》詩，題下引《隋書．經籍志》註：「梁有『晉』柴桑令《劉遺民集》五卷。《錄》一卷。」證「劉柴桑」即「劉遺民」。此事向來只據李公煥註，得此確證，可為定論。又「弱女雖非男，慰情良勝無」，或以為比酒之醨薄，或以為賦，都無證據。本書解為比，引《魏書．徐邈傳》及《世說》，以見「魏、晉人每好為酒品目，靖節亦復爾爾」[15]。《還舊居》詩「常恐大化盡，氣力不及衰」，次句向無人能解；本書引《禮記．王制》「五十始衰」，及《檀弓》鄭註，才知「常恐……不及衰」，即常恐活不到五十歲之意[16]。《飲酒》詩第十六「孟公不在茲，終以翳吾情」，舊註都以「孟公」為投轄的陳遵，實與本詩不切；本書據詩中境地定為劉龔，確當不易[17]。又第十八前以揚子雲自比，後復以柳下惠自比。這二人間的關係，向來無人能說；本書卻引

《法言》及他書證明「子雲以柳下惠自比，故靖節以柳下惠比之」[18]。又如《雜詩》第六起四句云：「昔聞長老言，掩耳每不喜；奈何五十年，忽已親此事！」諸家註都不知「此事」是何事。本書引陸機《嘆逝賦·序》「昔每聞長老追計平生同時親故；或凋落已盡，或僅有存者……」[19]乃知指的是親故凋零。

但書中也不免有疏漏的地方。如《停雲》詩「豈無他人」，本書引《詩·唐風·杕杜》[20]，實不如引《鄭風·褰裳》切合些。《命子》詩「寄跡風雲，冥茲慍喜」，下句本書引《莊子》為解，不如引《論語·公治長》「令尹子文三仕為令尹，無喜色，三已之，無慍色」。《歸田園居》詩第二「常恐霜霰至，零落同草莽」，上句無註，似可引《詩·小雅·弁》「如彼雨雪，先集維霰」，及《楚辭·九辯》「霜露慘淒而交下兮，心尚幸其弗濟。霰雪雰糅其增加兮，乃知遭命之將至」，這兩句詩是所謂賦而比的。《怨詩楚調示龐主簿鄧治中》末云：「慷慨獨悲歌，鍾期信為賢」，「鍾期」明指龐、鄧，意謂只有你們懂得我。不必引古詩為解。《答龐參軍·序》：「楊公所嘆，豈惟常悲」；李公煥註：「楊公，楊朱也。」本書引《淮南子》楊子哭歧路故事，但未申其「義」。按《文選》有晉孫楚《征西官屬送於陟陽侯作詩》，起四句云：「晨風飄歧路，零雨被秋草。傾城遠追送，餞我千里道。」這裏的「歧路」

只是各自東西的歧路，而不是那「可以南可以北」的了。可見這時候「歧路」一詞，已有了新的引申義；淵明所用便是這個新義。「楊公所嘆」只是「歧路」的代語，「嘆」字的意思是不着重的。《和郭主簿》詩第一末云：「遙遙望白雲，懷古一何深。」本書解云：「『遙遙望白雲』即『富貴非吾願，帝鄉不可期』也[21]。這原是何焯的話，富貴二語見《歸去來辭》。但懷古與白雲或帝鄉究竟怎樣關聯呢？按《莊子·天地篇》：「華封人謂堯曰：『夫聖人鶉居而鷇飲，鳥行而無章。天下有道，與物皆昌。千歲厭世，去而上仙。乘彼白雲，至於帝鄉。三患莫至，身無常殃，則何辱之有！』」《懷古》也許懷的是這種乘白雲至帝鄉的古聖人。又第二末云：「檢素不獲展，厭厭竟良月」本書所解甚曲。「檢素」即簡素，就是書信；「檢索不獲展」就是接不着你的信。《飲酒》詩第十三「規規一何愚」，引《莊子·秋水》「適適然驚，規規然自失也」，不切，不如引下文「子乃規規然而求之以察，索之以辯」。《止酒》詩每句藏一「止」字，當係俳諧體。以前及當時諸作，雖無可供參考，但宋以後此等詩體大盛，建除、數名、縣名、姓名、藥名、卦名之類，不一而足，必有所受之。逆推而上，此體當早已存在。但現存的只《止酒》一首，便覺得莫名其妙了。本書引《莊子》「惟止能止眾止」頗切；但此體源流未說及。

古先生有《陶靖節詩箋》，於民國十五年印行，已經很詳盡。丁福保先生《陶淵明詩注》引用極多。《定本》又加了好些材料，刪改處也有；雖然所刪的有時並不應刪，就如《停雲》詩「搔首延佇」一句，原引《詩經．靜女》「愛而不見，搔首踟躕」和阮籍《詠懷》「感時興思，企首延佇」，《定本》卻將阮籍詩一條刪去了。我們知道陶淵明常用阮詩，他那句話兼用《靜女》及《詠懷》或從《靜女》及《詠懷》脱胎，是很可能的；古先生這條註實在很切合。《定本》所改卻有好的，如《飲酒》詩第十八的註便是（詳上文）。《詩箋》中四言詩註未用十分力，《定本》這一卷裏卻幾乎加了篇幅一半。

註釋

1 以上引語均見湯序註。

2 《臘日詩》及《雜詩》第十二都極難解。

3 《古詩源》九。

4 拙著《陶淵明年譜中之問題》中有辯，見《清華學報》九卷二期。

5 參看真德秀《跋黃瀛甫擬陶詩》，見《文集》三十六。
6 《飲酒》詩第十六及《癸卯始春懷古田舍》詩第二。
7 《示周掾祖謝》及《飲酒》詩第三。
8 據日本森本角藏《四書索引》。
9 十九章：「見素抱樸，少私寡欲。」
10 馮友蘭《中國哲學史》下冊六零二至六零四面。
11 參看《朱子語類》卷百四十。
12 述學社《國學月報匯刊》第一集一三九、一四零面。
13 《庚戌歲九月中於西田獲早稻》詩。
14 卷一，十四葉。
15 卷二，十二葉。
16 卷三，五葉六葉。
17 卷三，十二葉。
18 卷三，十三葉。
19 卷四，六葉。
20 原作「小雅」，誤。
21 卷二，十三葉。

天地博雅文叢

經典常談　朱自清 著

新編《千家詩》　田奕 編

邊城　沈從文 著

孔子的故事　李長之 著

啟功談金石書畫　啟功 著　趙仁珪 編

沈尹默談書法　沈尹默 著

詞學十講　龍榆生 著

詩詞格律概要　王力 著

唐宋詞欣賞　夏承燾 著

古代漢語常識　王力 著

梁思成建築隨筆　梁思成 著　林洙 編

簡易哲學綱要　蔡元培 著

唐宋詞啟蒙　李霽野 著

唐人絕句啟蒙　李霽野 著

唐詩縱橫談　周勛初 著

佛教基本知識　周叔迦 著

佛教常識答問　趙樸初 著

漢化佛教與佛寺　白化文 著

沈從文散文選　沈從文 著

宋詞賞析　沈祖棻 著

人間詞話新註　王國維 著　滕咸惠 校註

閒談寫對聯　白化文 著

魯迅作品細讀　錢理群 著

夜闌話韓柳　金性堯 著

日用交誼尺牘　譚正璧 著

陶淵明批評　蕭望卿 著

名篇詞例選説　葉嘉瑩 著

www.cosmosbooks.com.hk

書　　名　陶淵明批評
作　　者　蕭望卿
編輯委員會　梅　子　曾協泰　孫立川
陳儉雯　林苑鶯
責任編輯　何健莊
美術編輯　郭志民
出　　版　天地圖書有限公司
香港黃竹坑道46號
新興工業大廈11樓（總寫字樓）
電話：2528 3671　傳真：2865 2609
香港灣仔莊士敦道30號地庫
電話：2865 0708　傳真：2861 1541
印　　刷　美雅印刷製本有限公司
香港九龍官塘榮業街6號海濱工業大廈4字樓A室
電話：2342 0109　傳真：2790 3614
發　　行　香港聯合書刊物流有限公司
香港新界荃灣德士古道220-248號荃灣工業中心16樓
電話：2150 2100　傳真：2407 3062
出版日期　2021年10月／初版

ISBN ： 978-988-8550-02-9